謎の女幽蘭

古本屋「芳雅堂」の探索帳より

出久根達郎

筑摩書房

目次

謎の女 幽蘭

古本屋「芳雅堂」の探索帳より

写真はごまかせぬ

人の名前で飯を食う古本屋は、一度耳にした名は決して忘れない。その名が当り前のものでなく、特別の字面《じづら》だったり読み方であったなら、尚更である。不思議なことに、そういう名の者に関係がある本は、稀覯本《きこうぼん》だったり、類《たぐい》のない珍本であったりする。

これから語る人物もその一人で、東西の奇人変人に通じた奇特な読者なら、ああ、と思い当るだろう。しかし、一般には、まず馴染《なじみ》のない名前のはずである。こんな名である。

本荘幽蘭《ほんじょうゆうらん》。

姓の本荘は、本によっては本庄とも記されている。幽蘭は、号である。女性である。本名を久代。久代子と記した本や新聞もある。

何をした女性か。何もしない。強《し》いて言えば、たくさんの職業に就《つ》いて、そのつど新聞の三面記事を賑わした女性である。事件を起こしたわけではない。人を傷つけたとか、金を奪ったとか、そんな犯罪に手を染めたわけでなく、巻き込まれたのでもない。いささか常識にはずれた言動で、世間に波風を立てた。それを新聞が面白おかしく書き、人々が愉快がった。一種の有名人になった。

ほら、そういう人って、結構いるじゃありませんか。いつの時代にも、必ずいる。私が、『古本綺譚』で取り上げた芦原《あしはら》将軍がその一人です。黒服に、厚紙を切り抜いて作った勲章をぶら下げて、直筆の「勅語」を新聞記者たちに売りつけていた。彼は内閣が変るつど、「声明」を発表し、世の中の動向を「託宣」した。なに、新聞記者が言わせていたのである。いや、ありていに言えば、記者たちの本音の意見を、あたかも将軍がそのようにのたまったかの如く書いていたのである。紙の勲章の将軍が何をしゃべろうと、紙の勲章国の住人の思想なのだから、一切お咎《とが》めがない。新聞記者たちには、将軍は都合のよい評論家であり思想代弁者であった。彼が昭和十二年二月に、八十七歳で亡くなった時、誰よりも悲しみ惜しんだのは、心ある新聞記者たちであったろう。日本は以後、戦争に突き進む。

本荘幽蘭が芦原将軍に似た役割を果たした、と言いたいのではない。彼女は少くとも、紙の勲章は付けていない。

では、一体、彼女の何が人気だったのか。

それを本稿で解き明かそうという魂胆である。

本荘（以後こちらの文字を遣《つか》う）幽蘭が実在の女性であることを、次の新聞記事で証明する。読売新聞の明治四十二年八月五日付の、「涼台夜話《りようだいやわ》」と題した雑報である（以下全文）。

浦塩（筆者注・ロシアのウラジオストックである。日本海に臨む軍港。シベリア鉄道の終点）へ行くの東京へ帰るのと言て居た本荘幽蘭女史は此頃忽然《こつぜん》として大連《だいれん》（中国の港湾都市）に現はれ同市信濃町の中島といふ病院の後《あと》を借《かり》受けて「幽蘭ホテル」と云《い》ふのを創《はじ》め自ら埠頭《ふとう》や停車場に出馬し饒舌を振つて客引を行ふ計画ださうだが何処《どこ》から資金を引張り出したかは頗《すこぶ》る疑問で目下同地の問題になつて居ると通信のあつた儘《まま》。

読売新聞、明治四十三年七月十四日付。

大連のホテルで手を焼き君平代議士に媒妁《なかだち》させた花聟《むこ》に肱《ひじ》鉄を食はして清国を飛出し一時大阪の劇場で生き恥を晒《さら》して居た本荘幽蘭女史其後の消息は杳《よう》として聞こえなかつたが去る九日の朝漂然として播州の龍野《たつの》に現はれ……

昔の新聞記事は読点《とうてん》が無いので読みにくく、かつ、写しづらい。ざっとかいつまんで説明すると、幽蘭は入場料を徴収して演説会を開いた。わずかに集まった金を旅費に上京せんとしたが、「平素乗捨の車銭がウンと支《つか》へて居り龍野駅からは債権車夫が頑張つて汽車に乗せぬので」、やむなく隣の駅から急行券なしで急行に乗り込んだ。

十二日の午後、品川駅に着いたが、新橋駅で発見されれば咎められ恥をかく、とそっと下車して便所に隠れた。そして急行をやりすごしたが、「武運拙《つた》なく」駅員に見つかり駅長室に連行された。巡査立合いで散々油を絞られた上、駅員がつき添って芝の知人（特に姓名を預かる）宅に向う。知人に五十銭の急行券代を立て替えてもらい、ようやく支払いをすませ、「付き馬」から解放された。

明日は各新聞社を回って、慈善演説会の宣伝と協力を頼むつもりです、と「吠《ほえ》立てて居たが女史其日の扮装洗《いでたち》ひ晒しの浴衣に色の褪《さ》めた紫の袴をはき懐中にはたつた金十二銭の外塵紙《ちりがみ》一枚もなし能《よ》くも尾羽打枯らして飛んで来たものではある」

とこんな調子である。

五十銭の急行券を買わずに乗車してドロンしようとした。ただそれだけの出来事である。これが立派なニュースになった。ということは、本荘幽蘭という女性が、読者の関心を引いていたわけだ。

先の芦原将軍のように、政治や時局にからむ発言をするわけではない。ただ、やたら、あちこちを飛び回っている。読者は彼女に何を見ていたのだろうか。何を期待していたのか。そもそも、彼女は何者なのか。

私は四十年近く、彼女を追窮してきた。そしてこの頃、ようやくわかったことがある。そのことと、彼女を追っかけるプロセスを語ろうというのが、本稿の趣旨である。

私が本荘幽蘭という名を、初めて知った時のことから話すのが順序だろう。

私は現在は小説家であるが、昔（といっても十年程前）は、東京の杉並区内で、五坪ばかりの店を営む古本屋であった。

昭和四十八年八月に開業し、四年後に妻帯した。何とか二人口を養えるように至ったのである。結婚してまもない時期だったことは、カミさんがよく覚えている。カミさんが店番をしていて、二階にいる私を呼んだのだ。

店に客が一人いた。ひと目見て、どなたであるか、わかった。

新劇俳優の松本克平《まつもとかっぺい》氏である。

旧知の間柄ではない。氏は新劇関係の書物やパンフレットやチラシの収集家として、古書業界で知らぬ者はない。古書展覧会でしばしばお姿をお見かけしたし、私は親しく会話を交わしたことはなかったが、会えば目礼をする商人と客の、そして古い紙類を愛する仲間として、むろん、尊敬する役者としても、一目《いちもく》も二目も置いて接していた。

私の店にいらっしゃったのは初めてだった。私が紙クズ類を集めているとうわさに聞いて、わざわざ訪ねてきたのである。

確かに集めていたけれど、私の場合は、新聞の折り込みや、メニュー、箸袋《はしぶくろ》、ラベル等で、あんまり人が収集の対象にしそうもない紙類が主体であった。松本氏の希望に沿える品は、何も無かった。

氏は別にがっかりした様子も見せず、もし入手の節はまっ先に連絡をくれませんか、と名刺を下さった。私は椅子を出し、カミさんが茶を勧めた。ひと口すると、「おいしいね」とお愛想を言った。

「古本屋さんのお茶は、どういうわけか、どこの店もおいしいね。不思議だね」

「疲れているから、そう感じるのではありませんか」カミさんが答えた。

「そうなんだ。古本探しは容易じゃないね」

ニコリともしないで言い、私が座っている帳場の横の棚に目をやった。視線が下から上方にゆっくりと動く。氏の特徴ある太く黒い眉が、大きく動いた。

「本屋さん、あれ」顎《あご》で示した。

書棚の一番上に、年代物の菓子箱が載せてある。木箱の腹に、達筆の毛筆で、「函嶺資料」と記してある。私の字ではない。元の持ちぬしが書いたものである。私は脚立に上がって、菓子箱を下ろした。一カ月ほど前に、近所の老夫婦宅へ本を買い入れに行った折、出された品のひとつで、最初、私は函嶺という人の重要な資料かと早合点し、胸をときめかせたのである。

松本氏が眼鏡を取りだした。そして、おもむろに蓋《ふた》を開けた。おや？　とけげんな表情をした。箱根の温泉案内や、旅館のパンフ、箱根の四季を報じる新聞記事の切りぬき、雑誌のグラビアなどが、ぎっしりと詰まっていたからである。

「人の名かと、てっきり。読み違えたよ」

「私もそうでした」

松本氏が、つらつらと毛筆の文字を眺めている。

「函嶺って、箱根山のことなんですね。辞書を引いて知りました。箱根山や箱根町に関するもろもろを集めていたようです」

「私は幽蘭と読んだんだよ」

「幽蘭？　何のことですか？」

「女の名でね。その女の資料か、と息を呑んだ」

松本氏が菓子箱の中身を、一枚一枚ていねいに取りだしながら、私が初めて聞く女の概略を教えてくれた。

氏は数年後、『私の古本大学　新劇人の読書彷徨』という著書を出版した（青英舎・昭和五十六年刊）。一般に知られていない本とその筆者のことどもを、興味あるエピソードと共に簡潔につづった良書である。

この中に、「本荘幽蘭著『本荘幽蘭尼懺悔叢書』」という項目がある。たった六ページの文章であるが、幽蘭について唯一のまとまった伝記であり、最初の詳細な人物紹介である。惜しむらくは、短文の制約で出典が明記されていない。松本氏は三冊だけ参考資料を挙げているが、恐らく、かなりの雑誌や新聞記事から、幽蘭女史の行動をピックアップし、取捨選択して一文をつづったものと思われる。私が聞いた話より、はるかに細やかだからである。

氏の筆になる幽蘭は、こんな女性である。

「あらゆる職業を猫の眼のように目まぐるしく渡り歩いて、常に自己宣伝を忘れなかった先端的女性であり、自ら何のこだわりもなく性の解放を実行した勇ましき女であり、さらにその自己懺悔をこんどは本に書くと宣伝して歩いた女性である。つまり終始モデル・チェンジをくり返していた異色女性である」

その本というのが先の懺悔叢書だが、この書名の古書は、現在のところ一冊も見つかっていない。予告のみで出版されていない、というのが松本氏の見方だが、果してどうか。断定できないのが古書の怖いところで、未刊と言われていた本が、どっこい刊行されていた話はざらにある。書名と著者名が変えられていたのである。『本荘幽蘭尼懺悔叢書』の名称に、囚《とら》われない方がいい。

そう考えて私は数十年来尼さんの手記を片っぱしから集めてきたが、その話はおいおい語ることにする。

「おや?」と松本氏が菓子箱から、写真を一葉とりあげた。

映画のスチールである。

「ああ。これは箱根風雲録だ」

タカクラ・テルの『ハコネ用水』を映画化したもので、河原崎長十郎や中村翫《かん》右衛《え》門《もん》、山田五十鈴、轟夕起子《とどろきゆきこ》らが出演した。一九五二年の映画である。

もう一枚、出てきた。こちらは現代物、獅子文六原作の『箱根山』である。笑顔の加山雄三と星由里子が写っている。

「幽蘭は断髪男装の麗人といわれ、中性的な顔立ちで、なかなか魅力のある女だったらしいが、写真が無いんだ」

「女優もなさったというのにですか?」

「新劇女優の先駆者だ、と自分で言っているが、どこまで本当かわからない」

松本氏が顔を上げて言った。

「お客さんの家に本を買いに行くと、払い下げられた本の中に、写真のアルバムが混っていることはない？」

「時々ありますね」

「どうするの、それ？」

「返しにまいります。気がつかないで整理してしまうかたが多くて。喜ばれますよ」

「持ちぬしが不明のアルバムは？」

「たとえば、廃品回収業のかたが持ち込む本と一緒に出てくることがありますね。値をつけて売る品ではありませんから、ゴミにします。家族アルバムはその口ですね。特殊なアルバムは、お金にします」

「特殊なとは？」

「二年ほど前に、満鉄アルバムが出ました。あじあ号の列車写真を貼った一冊です。客室や食堂車、それと沿線風景などを写したものです。個人が撮影した生写真でした。これはずいぶん引き合いがありました」

「あじあ号は人気があるからねえ。今度、家族アルバムが出たら、捨てる前に見せて下さい」

「お役に立ちますか。一般家庭のアルバムですよ」

「いろいろ集めてみた結果、写真が一番貴重だとわかったんだ」

「お芝居に関係する写真は、めったに貼ってないんじゃありませんか？」

「ファンが隠し撮りした舞台写真がある。それに熱烈なファンは、ひいきの役者とツー・ショットしたり、楽屋のスナップを撮ったりするからね」

松本氏の体験談だろう。

「昔の写真なら、思いがけぬ人や物が写っているからね」

松本氏が、「特高」の話を切りだした。

特別高等警察の略称である。早稲田大学英文科の学生だった松本氏は、もともと劇作家志望であったから、折から新劇界を席捲していたプロレタリア演劇に飛び込んだ。

昭和四年九月に、初舞台を踏む。セリフの無い水兵の一人である。以後、ゴーリキーの「母」、徳永直の「太陽のない街」、小林多喜二の「不在地主」、レマルクの「西部戦線異状なし」に出演する。電車賃と昼の弁当だけが支給された。

共産主義弾圧を目的にした治安維持法《ちあんいじほう》が改正され、より厳しくなった時代である。プロ演劇に関わる者は、思想犯を取締まる特高に狙われた。

松本氏も何度か逮捕された。何しろ、芸名が芸名である。「不在地主」の公演で、初めてプログラムに名が載せられることになった。山本安英（「夕鶴」のおつうで著名）の夫が、お前は信州の松本出身だから、松本克平にしろ、と言う。松本はわかるが、克平はどういう意味だ、と反問すると、声をひそめ、「ＫＰだよ。ＫＰ」と答えた。「die Kommunistische Partei」共産党のことである。克平は本来はコクヘイと読むが、あえてカッペイと読ませろ、と言う。

「その後、社会状勢の変化によって外の仲間はいろいろに改名しているが、私は俳優がＫＰを芸名にするというような政治的行き過ぎに対する自戒の意味もあって今だにこの芸名を使っている」（『八月に乾杯』）

もっとも松本氏は、戦後まで芸名のいわれを人に語らなかった。戦前はこの一事だけで引っぱられたからである。

昭和七年十月、白昼、大森の川崎第百銀行に変装したギャング一味が押し入り、ピストルを突きつけて三万円余を強奪した。共産党資金局の犯行という。いわゆる、「赤色ギャング事件」である。

松本氏は銀座の不二家でコーヒーを飲み、表に出たところを逮捕された。築地署に連行された。何が何だか、わからない。

ようやく判明したことは、松本氏がギャング一味に知らずにメークアップを教えたことだった。演劇サークルを通じて三人の青年を紹介され、芝居の老《ふ》け役を覚えたいと頼むので、舞台用の化粧品を整え、ていねいに指導した。その技術がそっくり変装に使われたのである。

「貴様は強盗幇助罪だぞ。一生、獄屋入りだ」

築地署の特高主任が松本氏をおどした。この主任が小林多喜二を逮捕し、虐殺の指揮を執《と》った。直接拷問したのは、彼の部下である。

松本氏は二カ月間、留置され、主任に調書を取られた。

「ご苦労さん」主任が猫なで声で、松本氏の肩を叩いた。

「ずいぶんヒゲが伸びたな。人間、恐怖を覚えると、いっぺんにヒゲが飛びだすというが、まあ、無理もないやな。剃《そ》ってやる」

「結構です。自分で剃ります」松本氏は、たじろいだ。

「カミソリを貸すわけにいかんのよ」主任が笑いながら、松本氏の頬に石鹸の泡を立てた。そして、しみじみとした口調で、独り言のように言った。

「お前も芝居をやる人間なら、もう少し人間観察に長《た》けなくてはだめだ。付けヒゲで舞台に立とうという人間と、銀行ギャングをもくろむやつとでは、化粧の手つきが違うだろう。教えてくれ、と懇願する、その頼み方だって、どこか感じが違うはずだ。そのくらいのことが見抜けないようじゃ、お前はこれきりの男で終るぞ。お前の如きチンピラを起訴しても始まらないから、今回は帰してやる。十分、気をつけるんだよ」

　松本氏は無罪釈放されたが、氏の人生途上における最大の事件となった。何しろ新聞は、「赤色ギャングの変装係りは俳優　左翼劇場の松本克平検挙」と大見出しを掲げ、ラジオは終日、松本氏の名を連呼した。強盗の一味と思われ、親兄弟からは義絶され、知友からは恐れられた。後日談がある。あの特高主任と戦後、ひょんな場所で再会したのである。彼は戦犯として追放されたあと、「大出世」していた。立派なヒゲを蓄えて現れた。

「いや、その話はいずれするけど、彼のことじゃない。別の特高だ。やはり戦後会った時にその男が特高時分の家宅捜索の方法を教えてくれた。まず何を探すか。非合法の書類？　違う。アルバムだそうだ」

「家族アルバム、ですか？」

「そう。交友関係やその他、いっぺんにわかる。写真は、ごまかしがきかない」

人目につきそうな職業ばかり

特別高等警察、略して特高の家宅捜索の主目的が、家族アルバムを含む写真帳である証拠は、昭和十八年のいわゆる横浜事件の例で顕らかである。評論家の細川嘉六《ほそかわかろく》が自著の出版記念会を兼ねて、日頃世話になっている雑誌「中央公論」や「改造」等の編集者を、故郷の富山県泊町に招き一席設けた。その際、全員で記念写真を撮った。

その写真が当局から共産党再建謀議のものと見なされ、細川を筆頭に写真に写った者たち、及びその関係者が、昭和二十年にかけて八十人以上も検挙されたのである。秘密会議の「記念写真」を撮る馬鹿がいるだろうか。明らかに当局のでっちあげである。細川は昭和十七年、「改造」の八月号九月号に発表した「世界史の動向と日本」で、陸軍情報部ににらまれていた。新聞紙法違反の容疑で、神奈川県特高課に逮捕された。写真は細川宅でなく、別の者の押収品から見つかった。

特高が写真アルバムを重要視したのは、あるいは横浜事件がきっかけかも知れない。それまでもアルバムの押収はしていた。

たとえば、『特高の回想　ある時代の証言』（一九七八年・田畑書店刊）で、明治三十三年に生まれ、高等小学校卒後、職工を経て巡査となり、昭和四年に警部補から抜擢されて警視庁特高課に配属された宮下弘《みやしたひろし》は、伊藤隆《いとうたかし》と中村智子《なかむらともこ》の問いに、特高というと選《え》りすぐりの精鋭グループのイメージがあるが、特高という名称や、思想取締りからきた誤解で、特高課員の大部分は中学さえ卒業していなかった、と述べている。そして二十九歳の新米の宮下に、何も教えてくれない。机の前に座って、その辺にある物を見ていろ、と言う。物というのは、「新しいものは一カ月ほど前の四・一六で検挙された者の顔写真、それ以前のアルバムだとか、調書の写しの綴じ込みなんかですね。それを毎日眺めたり、読んだりしていました」

四・一六というのは、昭和四年四月十六日に、共産党員が全国的に大検挙された事件である。三百人以上が起訴された。宮下はこの年の五月に、特高に任命されたわけだ。

この本の先の方で、取調べの実際を語っている。「写真を机の上に何枚かひろげて、どうだい、君の連絡網はいまこうしてぼくが見せている写真のなかでこれとこれだろう、と言うと、そんなにわかってるんなら黙っていても仕方がないから言いますよ、としゃべる。拷問する必要はない」

写真、である。

宮下は言う。昭和三年の共産党大弾圧（いわゆる三・一五事件。一千五百余名が検挙され、三分の一近くが起訴された）や、四・一六の頃は、取調べる側が党の組織や連絡網などに精通していなかったため、「ひっぱたくしかしょうがない」。特高の拷問が伝えられたのは、その頃のうわさが種ではないか。

「もっとも、その後でも、そういうやり方の人間がいたことは否定しませんが」

宮下弘は昭和十六年の、いわゆるゾルゲ事件を摘発し取調べた当事者である。日本政府の機密をソ連に通報した容疑で、ドイツ人の新聞記者リヒャルト・ゾルゲと朝日新聞記者の尾崎秀実《おざきほつみ》、他が逮捕された。

宮下は例の大森銀行ギャング事件も取調べた。グループの一人で、川崎第百銀行大森支店を狙い手引きした男を担当した。松本克平氏と宮下は全く関係がない。横浜事件では神奈川県特高係長から、相談を受けたが、謀議はありえない、と答えたという。そんな顔ぶれで党の再建ができるわけがない、警視庁はあの事件には否定的だった、と述べている。

写真の話から、少しく横道に外れてしまった。ただし、以上の事柄はこれからの物語にからんでくるので、決して無駄話ではない。

松本克平氏に、家宅捜索の眼目を打ち明けた元特高氏は、こんなエピソードを語った。

ある商社の役員宅を手入れした時である。役員は左翼運動の「シンパ」（蔭の支援者。金銭の援助をする）容疑である。

本人の書斎から、アルバムを押収した。ざっとめくると、外国の城郭の写真が貼ってある。城の外観と、内部の様子である。

「それは私の趣味のアルバムだ」と本人が言い、返してくれ、とせがんだ。

趣味の品物は、捜索目的の筆頭である。特に持ちぬしが、わざわざ断るからには隠された理由があると見てよい。

「いったん預かる。調べて何もなければ返すよ」

ところが相手は引き下がらない。そのアルバムを毎日眺めるのが、自分の唯一の楽しみなのだ。息抜きだし、活性剤でもある。だから自分の傍に置いている。関心の無い者には単なる古ぼけた使用済みの切手だが、その道の収集家にとっては掛替えのない宝なのと同じで、城の写真は自分には命の次に大切な品なのだ。

「一日だって眺めないではいられぬ。こんな気持ちは、あなたがたには理解できないだろう」

「麻薬のようなものですな」

「麻薬ならあなたがたの仕事に関係あるだろうが、これは違う」

「お宝、とおっしゃいましたな。お宝なら当方も大いに関心があります」

このアルバムに、重要な情報が隠されている、と見た。気どられないために夫人に、家族のアルバムを提出するよう求めた。最近のアルバムだけでなく、昔からの写真帳を全部出させる。全部、といっても戦前のこと、よほどの金持ちか名家でもなければ、せいぜい四、五冊ほどである。一家の歴史が年代順に貼ってある。家族のアルバムと一緒に、城のアルバムも押収した。

「やった、と胸のうちでバンザイした」元特高氏が誇らかに語る。

「城の写真の中に、書棚が写っているものがあった。書棚の一部に、明らかに日本の本が詰まっていた。署に戻って急いでルーペでのぞいてみた」

薄い本の背文字は、読み取れない。厚手の大判の本の箱には、『大言海』第一巻とあった。

「がっかりした。左翼関係の本だと思っていたんだ」

『大言海』は大槻文彦編の国語辞典である。『言海』を増補し、昭和七年から十二年にかけて、本巻四冊に索引一冊の計五冊発行された。

「お城は、確か、ドイツの城だった」

元特高氏が松本氏に語った話は、以上である。松本氏が、『日本新劇史』をまとめるため、古書店を回って資料を集めていると近況を告げると、本といえば、と元特高氏が思いだし、その話の中で、家捜《やさが》しの主目的は家族アルバムだ、と教えてくれたというのである。

松本氏は、私の満鉄アルバムに触発されて、ドイツの古城アルバムの一件を語ったわけだ。

本荘幽蘭《ほんじょうゆうらん》に話題を戻す。松本克平著『私の古本大学』中の幽蘭紹介文には、参考資料が三点しか記されていない、と書いた。その三点とは、青柳有美《あおやぎゆうび》著『女の裏おもて』、平山蘆江《ひらやまろこう》著『東京おぼえ帳』、照山赤次《てるやまあかじ》著『名流婦人情史』で、これが主要な資料なのだろう。以上を列挙した上で「他」と記しているからである。

この「他」の中に当然入っているだろう一冊に、高田義一郎《たかだぎいちろう》著『らく我記』がある。松本氏が目を通していないはずがない。幽蘭について書かれた文章では、一番詳しいからである。『らく我記』は、昭和二年から四年にかけて出版された『現代ユウモア全集』（現代ユウモア全集刊行会・発行）の第十一巻目で、「毛断《もうだん》ガールの本家本元」の一篇が幽蘭伝である。

「幽蘭女史といった丈《だけ》ですぐにわかる人が多い筈《はず》だが」とあり、この当時も変らず有名だったのだろう（本稿は昭和二年頃プラトン社発行の月刊誌「女性」に発表、と付記にある）。

田中比左良《たなかひさら》の挿絵が入っていて、面長断髪の女性が、手首に数珠を巻いた右手を突き出し、水差の置かれた演台を前にして熱弁をふるっている図。田中の説明文が毛筆で記されている。いわく、「約十年前画者《せつしゃ》が浅草御国座にて印象せる幽蘭尼の演壇ぶり」

眉目秀麗の美青年のように描かれている。御国座は劇場だが、関東大震災で焼失した。

本文によると大正八九年頃、彼女は次の名刺を持ち歩いていた、とあり、名刺の文面が出ている。肩書は、教育講談師で、名は本荘幽蘭尼、原籍は東京市芝区南佐久間町、現住所が浅草区永住町、故郷が福島県（福岡県の誤植）久留米市篠山町、その他、元読売新聞、やまと新聞婦人記者だの、日蓮主義讃美唱導者だの、いろいろ書き込んである。現住所は印刷中に変ってしまう位だから当てにならぬ、とある。田中が御国座でお目にかかった頃は、名刺の住所時代かも知れない。

それはともかく、高田の幽蘭行状記は、真偽とり混ぜて、年代を追っている。それというのも、

「唯《ただ》々その非凡の言行に感心するの余り、新聞や雑誌を通じて、遥《はるか》に彗星《すいせい》の軌道を観測して居た」からである。おそらく、記事をスクラップしていたか、メモしていたに違いない。それを基に文をつづったのだろう。

「非凡の言行」は高田の皮肉だが、幽蘭の行動に限って言えば、彼女は、「何でも一つのものに固定して居《い》る事の出来ない性分だつた。彼女が始終居所や職業を変じて居た状態の一斑を知れば、その心持がよくわかつて来るだらう」とあり、以下、幽蘭の職業遍歴ぶりを短く紹介している。

すなわち、神田にミルクホールを開店したかと思うと、次に上野に幽蘭軒という店を出し、幽蘭餅を売る。女落語家となり、英語まじりの漫談を語る。講談師となり大阪の寄席・北海亭に出演する。東海道は戸塚から静岡辺で、浪花節をうなる。女優にもなった。舞台監督にもなった（松本氏が幽蘭に興味を抱いたのは、ほんの一時にせよ、彼女が芝居に関与しているからである）。更に活動写真の弁士になった。新聞記者にもなった。

名刺には読売及びやまと新聞とあるが、この二紙はハッタリでないかと思われる。しかし、記者になったのは事実で、次のような報道がある。

明治三十九年九月十三日付、万朝報の記事。見出しは、「幽蘭女史今度は新聞記者に」「嘗《かつ》ては新聞記者から真砂座《まさござ》に入りて女俳優となり、京都より大阪くんだりまで落ちのびて後ちはノラフエーゲンの口上言ひ迄もつとめたる幽蘭女史事本荘久代子（二十八）は、近頃再び東京にまひ戻りて三崎座に女優として現はるべしなどと噂ありしが、此度婦人職業通信所の紹介にて、千葉県千葉町にて刊行する千葉新聞の三面記者たるべく契約なり、去る十日同地に向け出発したりと聞く、同地の新聞社界定めて女史が怪筆によつて面白き活動を呈する事なるべし」

当時の新聞が幽蘭をどのように見ていたか、知っていただくために全文を紹介した。「怪筆」

の語に、ご注目あれ。

幽蘭の行動は、以上で終らぬ。救世軍。芸者。外国人のための日本語教師。尼（本荘日蘭尼と改名）。演芸通信社経営。等々。

高田は言う。「此の如く人目につきさうな職業を、片つ端から舐《な》め歩きながら、彼女が印した足跡は、朝鮮、満洲から、哈爾賓《ハルピン》や北清《ほくしん》の各地に及び、南は台湾から福州地方を始め、遠くシンガポールに達して居て、内地では殆《ほとん》ど至らぬ隈《くま》も無いと云《い》つてい丶位であるが、どうしてこんな風になつたのか……」

「人目につきそうな職業」という言葉を、記憶していただきたい。

そう、これが本荘幽蘭という謎の女性の、謎を解く鍵の一つになるはずである。

私が幽蘭にのめりこむようになったのは、松本克平氏の『私の古本大学』を読んで以後である。いつぞや松本氏が語っていた女性だ、と思いだした。この本が出版されたのが昭和五十六年二月、小栗康平《おぐりこうへい》監督の『泥の河』が封切られた年である。『本荘幽蘭尼懺悔叢書』の紹介文を一読し、酔狂にも、その幻の本を探してみよう、と奮い立った。酔狂、といったが、これあってこそ押しも押されもせぬ、本物の古本屋と誇れるのである。古本屋は、こと本に関しては、「狂」でなくてはならない。本と心中するほどの熱意と覚悟があってこそ、誰一人見たこともない本と出会えるのだし、得がたい顧客と交流できるのである。

そう、その年の秋のこと、私は二人の客と知りあった。わが国初のノーベル賞受賞学者の湯川《ゆかわ》秀樹《ひでき》が七十四歳で亡くなり、翌月だったかに福井謙一《ふくいけんいち》京大教授が、ノーベル化学賞を受賞した。ノーベル賞の話題が熱い頃だったから、よく覚えている。

店に、三十なかばの年恰好の男性と、女子大生らしいカップルが、ふらりと入ってきた。しばらく書棚を物色していたが、二人で何事か小声で語りあうと、男性だけが帳場に歩いてきて、あの、と話しかけた。私は毀《こわ》れた本の箱をボンドで修繕していたのだが、「すみません、本のことでお尋ねしたいのですが」と言われた時、どういうわけか、ノーベル賞の本のことだな、と早合点したのである。

「職業婦人について調べているのですが」

「キュリー夫人ですか?」

「はあ?」男性が、あっけにとられている。

「あの、戦前の働く女性のことなんです」

「間違えました」私は赤面した。

「卒論に書くために調べているんです。いや、私でなく」男性が振り返って連れを示した。

「ええと、あれ、何といったっけ?　詩人」と女性に訊《き》く。女性が小声で答える。聞こえない。

男性が引き返して、確かめている。

「ああ。石垣《いしがき》りん。何という本?」

女子大生が恥ずかしそうに答えている。引っ込み思案の性格らしい。男性がやってきた。

「石垣りんの『ユーモアの鎖国《さこく》』という本を読んで、いわゆる職業婦人に興味を持ったというんです」

「石垣さんの自伝的エッセイ集ですね」

この年の春、講談社から出版された。実はこの本は八年前に別の出版社から出ている。再刊である。私は初版で読んでいる。私は石垣りんの隠れファンであった。何に魅せられていたか、というと、理由はただ一つ、彼女の学歴が高等小学校卒のみだったからである。

義務教育九年を終えて「集団就職」し、古書店店員になった私には、学歴の無い文化人が身近な人に思えた。だから、そのような作家や詩人を文学事典でピックアップしては、片っぱしから、作品を読んだ。石垣りんもその一人であったのだ。

古本屋が新刊の『ユーモアの鎖国』評を語ったので、女子大生が目を丸くした。私は、言った。

「なるほど、彼女は職業婦人の代表ですね」

石垣は高等小学校を出ると、働きに出た。彼女は貧しい家の子ではない。逆である。両親は東京赤坂で手広く薪炭商を営んでいた（顧客に陶芸や料理で有名な北大路魯山人がいる）。長屋の大家でもあった。関東大震災時に、生母は三歳のりんと赤ん坊の弟をかばって、落下した梁の下敷きになり、それがもとで体をこわし、震災の翌年に三十歳で亡くなった。父は三年後、母の妹と再婚する。

りんが満十四歳で働きに出たのは、自分の意志であった。家族は女学校進学を強く勧めたのである。頭も良かったし、家計も悪くない。しかし、りんは学校が好きでなかった。給料をもらって、大好きな詩や文章の勉強がしたかった。試験を受けて、日本興業銀行に事務見習として勤めた。昭和九年の四月である。東北地方は冷害凶作で、娘の身売りが行われた。多くは娼妓や酌婦、女給に安く売られた。一方で就職難の時代であった。

りんの初任給は、十八円（昼食つき）である。愛してくれた祖父に見せると、祖父は五円を郵便貯金に回し、残りは好きな物を買いなさいと言った。そこで欲しかった『詳解漢和大字典』と『リルケ詩集』、数冊の岩波文庫を購入した。こんな歌を詠んでいる。

「かにかくに勤めする身のうれしさよ　読みたき本も求め得られて」

銀行員のりんは、立派な「職業婦人」であろう。

「戦前は女性の職場といっても限られていたと思います」私は言った。「それに、女性が男性の職場に入って働いたので職業婦人といわれたのでしょうから、女性社員歓迎の職業をまずリスト・アップし、そこでの女性の役割を調べてみると、あなたが研究しようとする職業婦人の実態が見えてくるのではありませんか」

話しながら、ふいに、幽蘭を思いだしたのである。

「そうだ、恰好の女性がいますよ」

幽蘭の職業遍歴を、ざっと説明した。

「この女性を職業婦人に見立てればいい。彼女がかかわった仕事を、一つ一つ検証すれば、立派な研究にまとまりますよ」

「本荘幽蘭」女子大生が、つぶやいた。

「面白そうだね」男性が、うなずいた。「どう、やってみる？」連れに確かめる。女性が、あいまいな微笑を浮かべた。

「参考になる本は、あるのですか？」

「あります」私は例の『らく我記』を差し出した。二人がためらったので、

「高い本じゃありません。五百円です」と告げた。この金額でおじけるようなら、充実した内容の卒論は、とうていおぼつかない。

男性が受け取って、ページを繰った。すぐに女性に渡した。女性が適当にめくる。

「すみません。古い本なので私どもには読めないのではと、びびったんです。総ルビなんですね」男性が苦笑した。金を払ったのは彼である。

それから一週間後、その男性が血相を変えて来店した。『らく我記』を手にしている。

人間ばなれし過ぎる

店に入ってくるなり挨拶もなしに、いきなり、「これ」と手にした本のページを開いたので、落丁だったか、とのぞきこんだ。一週間前に私が勧めて買わせた、高田義一郎著『らく我記』である。

けれども示したページは、例の「毛断《もうだん》ガールの本家本元」の記事である。この記事には私も三、四回目を通している。何の支障もなく通読している。

私が顔を上げると、客が苦笑している。

「実はですね」と説明した。

「毛断ガール」（モダン・ガールの洒落。昭和の初め頃の「新しい女」を言った。略して、モガ。断髪洋装で颯爽と闊歩したので、毛断の漢字を当てた）の本荘幽蘭のことである。

「妹が早速この本を読んだのですが」

女子大生は恋人ではなかったらしい。

「幽蘭が、その何といいますか、あまりに自由奔放な女なので、いやになったようで、その……」

「錦蘭帳《きんらんちょう》ですね」言葉を引き取った。

客には説明しなかったが（どうせ『らく我記』を読めばわかることだから）、幽蘭という女は、あらゆる職業に就き、日本全国に出没したユニークな経歴の他に、男遍歴があった。並大抵の数ではない。彼女は交際した男の名と性的特徴を、「錦蘭帳」と称する手帳に克明に記していた。その人数は八十とも、百余ともいわれている。

女子大生は、「職業婦人」の研究をしたいと告げた。「錦蘭帳」の話題など持ち出せないではないか。しかし私の本心は、幽蘭のこういう部分を、頭から信じていなかったのである。これは「新しい女」につきものの伝説、と思っていた。

世間は「新しい女」を認めない。排除するに、スキャンダルを以てする。それはセックスであり、酒である。

大正期の、平塚らいてうを中心とする「青鞜《せいとう》」派に対する、「五色の酒」事件や、吉原遊廓繰り込み一件で明らかである。たかだかカフェーやバーで、ベルモットかキュラソーの色つきの洋酒を味見したり、遊女の身の上話を聞いたりしたに過ぎない。それを未婚の娘が取るべき行動でないと、決めつけて非難した。世間が断罪したのでなく、世間の名を借りた男たちによってである。

本荘幽蘭が品行方正と主張するのではない。何度か離婚を繰り返した事実を見れば、男好きであった性格なのは間違いない。しかし、八十人、百人の男出入りは誇張だろう。仮りに彼女がそのような単なる淫乱女であったなら、全国紙や、まじめな雑誌が取り上げるはずがない。いや、一度は報じても、何度も執拗に書いたり、消息を追ったりしないだろう。

と私は客に弁じた。はっきり言って、私は女子学生の手前、遠慮して口を慎んでいたのだ、と弁明した。

「すみません」客が頭を下げた。「まだ子どもでして」

「不快になるのも無理はないですよ」

今どき珍しい純心な学生だと思った。しかし、口には出さなかった。

「学生さんと聞いて、それで本荘幽蘭を思いついたんです。彼女、インテリですからね」

「そういえばこの本に某女学校出身と出ていますね」客が本をめくった。

「それ、明治女学校のことですよ」私は言った。

「明治女学校って、作家の野上弥生子《のがみやえこ》でしたかの出身校ですね」

よく知っている。

「三年前でしたか、歌人の五島美代子《ごとうみよこ》さんが亡くなられて、野上さんが追悼の詩を書かれたのを、何かで読みました。五島さんは小さい時に野上さんから作文を習ったそうで、確かその詩の解説で明治女学校に触れていました。五島さんの母が明治女学校の教師とか」

「歌をお詠みになられるのですか?」尋ねた。

「いや」客が手を振った。あとを続けそうだったが、言葉をのみこみ、代わりに名刺を差し出した。

添木幸夫、とあり、肩書は無い。

「妹は伸子といいます。そえぎ・のぶこ。今日の話を、よく聞かせます。明日にでも来させますから、幽蘭の学生時代の話を教えてくれませんか」

「私の不正確な講釈より、この本をお読みになられた方が早いし、間違いない。お貸しします」

私は相馬黒光《そうまこっこう》の『黙移《もくい》』を渡した。

「本屋さんから本を借りるわけにはいかない。買います。おいくらですか?」

「戦後版ですし、日に焼けているし、朱線もところどころ入っていますから、八百円で結構です」
元本（昭和十一年刊）は昔は高価なものだった。本を包む前に私は目次を開き、「明治女学校」の見出しを示した。そこに、「放浪の幽蘭女史」の小見出しがある。指先で教えると、添木さんが（以下、添木とする）、「ちょっと拝見」と本を手に取った。ページを繰り、くだんの項を黙読した。

短い文章である。三ページしか無い。

「本荘幽蘭女史は明治女学校の同窓といつても年代が大分後になり、巣鴨時代といつても没落直前の学校で育つた人であります」これが書き出し。

明治女学校は、明治十八年に木村熊二《きむらくまじ》・鐙子《とうこ》夫妻、夫人の弟の田口卯吉《たぐちうきち》らによって創立され、熊二のいとこの巌本善治《いわもとよしはる》・嘉志子《かしこ》（『小公子』の翻訳家・若松賤子《わかまつしずこ》）夫妻に受け継がれた。学校は隆盛中の明治二十九年に失火により全焼、翌年に巣鴨村に移転した。火事のショックで若松賤子が、三十一歳で亡くなっている。五島美代子の母（千代槌）は、第二回（明治二十三年）の卒業生で、同校の教師になった。

野上弥生子は明治三十三年の入学、彼女は十五歳だった。三十九年に卒業、学校は生徒数の減少により（津田塾や日本女子大学校が創立された影響）、明治四十一年の暮れに廃校になった。

相馬黒光（旧姓本名・星良《ほしりよう》）は明治二十八年秋に、フェリス女学校から失火前の同校に転入した。卒業したのが明治三十年三月である。

黒光は幽蘭について、次のように語っている。「総体に均整のとれた美人型で、私は美人というだけではこの人にはいい尽せない内容があつたと思います」「智的な顔をして」「威厳のある表情をしていた」

明治女学校の教授の一人は、そのような容貌を「宗教的顔《レリジユアスフエース》」とほめていたが、自分も同感である。その上に「彫刻的」と加えたい。雑誌で、九十何人目かの男と一緒にいる、じきに百人になると豪語していたけれど、「こういう無軌道な女性におきまりの、男を弄ぶとか、金を取るとか、何かそんなことで転々したものでないことだけは信じてよいようであります」

黒光は言う。ひと口に評すれば「惚れやすい」、それだけに「飽きやすい」。「そして恐しい程正直で」困った人なのだが、自分は根本に引かれるものがあり、「忘れ得ぬ人の一人であります」

明治四十年十二月下旬、新聞に、「幽蘭女史吉原遊廓角海老《かどえび》楼に身売をなす」と出た。黒光は明治女学校卒業後、長野の人、相馬愛蔵《あいぞう》と結婚した。しばらく夫の故郷で田園生活を送っていたが、やがて一家で上京し、本郷の東京帝大前でパン屋を開業する。商売が当って新宿に出店しようと準備中に、先の幽蘭身売りの記事を見た。手元には開店資金の二百五十円がある。よし、私が身受けしてやろう、と角海老楼に電話をかけた。この時の心情を黒光は、「(彼女は) 根は至って正直な人で、かつ同じ母校の出身ではあり、『この人をこのまゝ地獄に落してなるものか』うんぬん」と説明している。

幽蘭は確かに角海老楼など軒なみ遊女屋を訪ねて自分を売り歩いたが、様子や言葉つきから教育のある女と見られ、救世軍か矯風会の廃娼運動の回し者と疑われ体よく断られた。黒光は、よかった、と胸を撫で下ろした。

以上が、「放浪の幽蘭女史」の内容だが、文章からは黒光と幽蘭の私的な交遊はうかがわれない。

「職業婦人の研究をなさるなら、その相馬黒光も欠かせません」と私は添木に伝えた。

「なるほど。新宿中村屋の創業者ですね」添木が、うなずいた。

「わが国では唯一といってよい、ヨーロッパ風サロンの主宰者であり、芸術家たちのパトロン的存在です」

画家の中村彝《つね》や、彫刻家の荻原守衛《おぎわらもりえ》、中原悌二郎《ていじろう》、戸張孤雁《とばりこがん》、詩人のエロシェンコ、高村光太郎、それに革命家のラス＝ビハリ・ボース、玄洋社の頭山満《とうやまみつる》らが集まった。黒光には人を引きつける不思議な魅力があったらしい。それは黒光が幽蘭に感じたような、いわく言いがたい呼気かも知れない。

「いやあ、何だか本荘幽蘭という女に、ますます興味を覚えたなあ」添木が嬉しそうに顔をほころばせた。

「妹が二の足を踏むなら、私がかわりに追っかけますよ。別に研究するわけじゃない。好奇心で幽蘭の本を集めます。話の種になるじゃないですか」

「一緒に追究しましょう」

私にとって願ってもない。趣味が実益になるのだから。添木は金に糸目はつけない、と豪語した。私は笑った。そんなに意気込むほどの収集対象ではない。金額よりも本を探す手間の方が大変だろう。手間の割には大儲けはない。探査のプロセスを楽しむ道楽といってよい。それだけに気が楽な、どうでもよいお遊びであって、これは古書収集の醍醐味の一つでもある。

添木は『黙移』と、「黙移逸篇」ともいうべき『広瀬川の畔』の二冊を買って帰った。『広瀬川の畔』には幽蘭は登場しないが、幽蘭を世に紹介した青柳有美《あおやぎゆうび》が出てくる。

もっとも青柳は明治女学校の教師であるから、『黙移』でも詳しく述べられている。青柳は英文学の先生であった。島崎藤村に代って担当した。

幽蘭の「錦蘭帳」なるものを公表したのは青柳で、それが松本克平氏が挙げた彼の著書『女の裏おもて』である。こう、ある。

「彼の女《かじょ》が錦蘭帳に載する所の情夫八十有余人に対しては、皆真意あり、誠実ありて、虚偽無かりしなり。唯その真意誠実の時間が短かりしを異常とするのみ」

女学生の幽蘭は青柳にこんな話を語ったという。

ある男を下宿に訪ねたら、一人でいかにも寂しそうであったから、「一寸慈善《ちょっとじぜん》して来た」果たして事実か否かわからぬ。何しろ若い青柳先生は幽蘭に手玉に取られていた節がある。

貧乏で学費が払えない幽蘭は、欠食する時があった。青柳は気の毒がってパンを与えた。幽蘭は嬉しがるどころか、先生は私に惚れているらしい、と他の教師に吹聴した。かわいいお坊っちゃんだ、と笑った。しかし、「一寸慈善」は施さなかったらしい。

黒光によれば青柳有美は、「清純で潔白で、人生に対して熱誠溢るる」教師であった。ただ、「若いので、女生徒の心理を察してものをいふといふ修練をまだ得て居られない」

遠足の途中、驟雨《しゅうう》に見舞われた。引率の青柳が、女生徒らに足袋が汚れるから脱いでしまいなさい、と命じた。黒光だけ、そうしない。青柳に咎められた黒光は、足袋より足の方が大事ですから脱ぎません、と答えた。のちに青柳は、自分は教師でありながら、一女生徒に一つの真理を教えられた、と書いた。

幽蘭について、こう記す。

「要するに彼の女《かじょ》は、妖婦にして、毒婦に非ず。可憐にして面白味あり、近づき易く、罪無き無邪気なる女にして、奇々怪々にして千変万化す」

この評言が、現在のところ本荘幽蘭という女の本性を衝《つ》いていると言われ、彼女の実像を語っている、と目《もく》されている。

青柳有美は、次のように文章を結ぶ。

「その格別他人に害を与へずして、しかもその名を聞くものをして戦慄せしむるものは、彼の女があまりに日本の女らしからず、余りに人間ばなれし過ぎたるに因《よ》るのみ」

人間ばなれし過ぎる？


私は同業のトンちゃんに電話をかけた。やがて、トンちゃんが愛用の「自家用車」（自転車である）でやってきた。後ろ車輪の泥よけに、白いペンキで「井本古本店」と記してある。トンちゃんは、井本東一《いもととういち》というのである。東を中国語でトンと発音する。一は采《さい》の目でピンという。仲間たちはトンピンと呼ぶが、何だかみくびっているニュアンスがあるので、私はトンちゃんと言っている。彼は中央線の中野に店を持っていた。

現在はビルが建ってしまったが、昭和五十六年当時は区の小さな公園があり、駅に近いせいか公園の半分以上が自転車置き場になっていた。学生や会社員が、ここまで自転車でやってきて、公園の入口近くに停めると駅に歩いて行く。帰りは自分の自転車を探して乗って行く。見張りはいないし、置くスペースが常にあるので、人気の場所だった。朝と夕方は、自転車のぬしたちで、ごった返す。

トンちゃんは何を勘違いしたか、これだけの数の人たちを黙って見過ごす手は無い、と考えた。古本屋を開けば、大繁昌は間違いない、と見積って、公園のそばに貸店はないか、物色した。普通の、これといった設備もない、トイレとベンチとゴミ入れがあるだけの公園だから、飲食店一つ無い。商売になるはずがないのは、それだけでもわかることだが、トンちゃんの目には自転車と人の数しか見えない。

そう、トンちゃんは古書売買に全くしろうとだったのである。

しばらく、トンちゃんのことを語ろう。私の幽蘭探索の重要な相棒だから、トンちゃんの人となりを知っておいてほしい。

トンちゃんは、地方の元小学校教師であった。きわめて優秀な、児童たちに好かれる先生だったらしい。授業をクイズ形式で進め、生徒たちに出題と解答を交互にさせることで、勉強に興味を持たせ、教科書をはみだした幅広い知識を学ばせた。

クイズ学習法、と地域で評判になった。新聞で報じられると、地元のテレビ局からクイズの問題作成を依頼された。トンちゃんは面白がって、引き受けた。匿名でアルバイトをした。そのうち新聞からも頼まれ、テレビ局からは新しいクイズの構成を任された。

二足のわらじを履くのが、きつくなった。トンちゃんは実入りのいい方のわらじ一足に決めた。クイズ稼業である。文筆の世界と同じで、はやりすたりがある。声がかからなくなったトンちゃんには、膨大な本だけが残った。クイズの問題作りで集めた本で、古本が多い。

処分すべく、出入りしていた古本屋に相談に行った。年寄りの主人が、いっそ古本屋にならないか、と勧めた。相場がわからないと渋ると、自分が買った本の値段は知っているでしょう、その半分か三分の一の値で売ったらいい、と軽く言う。

店を構えるのに元手が必要では？　それに自分の蔵書を全部さばいたあとはどうするんです？と肝心要の質問をすると、私の店を使えばいい、と主人が事も無げに答えた。

そっくり店を貸す、家賃はいらない、その代りに売った本の一割をくれ、という話に、トンちゃんは飛びついた。

一年ばかり、その店で商売を続けた。しかし、商売にはならなかった。トンちゃんの蔵書が特殊すぎたし、老人の店も浮世離れした本ばかり並べていたから、客の好みに合わなかった。地元が駄目なら、よそを回ろう。

トンちゃんは中古の車を購入し、車に本を載せて地方都市を巡回販売した。役場や公民館、図書館、病院など人が集まる建物の前に車を停め、ええ、いらっしゃい、面白い古本ですよ、と口上売りした。クイズは向う受けしたが、クイズの資料はさっぱりだった。

けれどもトンちゃんは、古本業の魅力に憑《つ》かれてしまった。一から勉強して、本格的にがんばってみよう、と決意した。トンちゃんを応援しようという人も現れた。たまたまその人の元に、私が手書きしコピーし小冊子に作った古書通販目録が届いていた。トンちゃんは目録を見て私の店を訪れ、古本屋商売のノウハウを教えてほしい、と乞うた。

明るく、礼儀正しく、いやみのない青年で、私はひと目で好感を持った。古本屋は、まず店だ、店の立地が商売を左右する。私は力説した。

「いやあ、まいったなあ」トンちゃんが額に手をやった。「まず芳雅《ほうが》さんにそのことを聞いておくべきでした」

芳雅堂というのが私の店の屋号である。古本屋は名前でなく、屋号で呼びあう慣わしだった。

「店は決めたの？」

「昨日、決めたところなんです」

そこが中野の公園前というわけだった。貸店でなく、民家の玄関だという。

「昔の造りの家ですから、玄関が広くて玄関部屋というんですかね、横にひと部屋あって、書生さんが住んでいたんだと思います。ここを店にしてよいと家主が言うものですから」

「しかし井本さん」私はあきれた。

「あの、トンと呼んで下さい」

「だって本屋の屋号は、井本古本店なんでしょ?」

「看板も掲げたんですがね昨日」トンちゃんが額に手をやる。まいった時の癖らしい。

「古書店じゃ私には恐れ多いので古本店としたのですが、看板の文字を見たら何か変なんですよね。井本古本店。こう並べると」

私は吹きだした。公園前の古本店。私には前途多難と危ぶまれた。

自転車に鍵をかけない

トンちゃん、こと井本東一《いもととういち》の店は、私の店から自転車でひとっ走りの距離だから、開店の祝意を表しに翌日、早速駆けつけた。

ところが、「井本古本店」の看板が掲げられたそこは、店舗でなく、普通の家の玄関なのである。戦前の建て付けらしい引戸を開けると、来客を知らせる鈴が鳴って、品の良い老女が奥から出てきた。トンちゃんの名を告げると、ただいま用事で外出中だが、じきに戻るはず、お待ち下さい、と言い、引っ込んでしまった。仕方ない、時間をつぶすことにした。

玄関の右横がトンちゃんの言う、昔の書生部屋であろう。扉が外されて、四畳半ほどの板敷きの部屋いっぱいに、本が無造作に積まれてある。たった今、引っ越してきて、ともかくも本を収めたという風で、販売するつもりの積み方ではない。寝具は見当らず、本だけなので、ここが店なのだろう。寝場所は別室らしい。ざっと眺めて、そそられる品も無いので、玄関を出て、家の前の公園に行ってみた。なるほど、自転車置き場である。整理する人がいないから、実に乱雑に置かれている。駐輪禁止の札の前に、わざわざ並べている。これだけの台数なら、朝夕は確かにごった返すことだろう。しかし自転車のぬしの何人が、トンちゃんの店に立ち寄るだろう。誰もが自分の足を探すのに気を奪われ、古本の看板に目が行かないのではないか。第一、店舗の体裁ではない。気軽に、のぞけない。トンちゃんの魂胆は、どこにあるのだろう。

「芳雅《ほうが》さあん」

駅とは逆方向から、トンちゃんが走ってきた。首から胸にナップザックを吊《つ》るしている。

「妙な恰好だね。何をしているの？」

「チラシを配っていたんですよ」

「チラシ？　まさか。バイト？」

「開店通知。井本古本店、めでたく開業のチラシです」

胸のナップザックを、ポンポンと叩いた。

「駅前で通行人に配るつもりでいたら、駅員さんに咎《とが》められましてね。それで住宅街のポストに一軒一軒」

「店番無しで不用心すぎない？」

「大家さんがいますから」

さきほどの老女らしい。

「いやがられない？」

「逆です」トンちゃんが微笑した。「喜んでいます。生き甲斐ができたって」

「奇特な大家さんだねえ」

「ご主人に亡くなられて、ずっと一人。そうそう、オレ、もう商売しましたよ」急に声をひそめた。「ご主人の蔵書。地理学者だったんですって」

「へえ。当った？」

儲《もう》かったか、という業界の通言である。

トンちゃんが左手の指で丸を作って見せた。

「聞きたいね、それ」

まさか、儲けさせてもらった家の中で聞くわけにいかない。私は駅の方を目で示した。トンちゃんが、うなずき、「このチラシを店に置いてきます」とナップザックを首から外した。玄関に入った時、中年の女性が自転車を押しながら、「ちょいと、あんた」と私のそばに来た。

トンちゃんと会話の最中、駅から大きな紙袋を提げて自転車置き場に歩いてきた女性である。自分の自転車を探していたが、しきりに舌打ちしているのを、私は目の端で捕えていた。

その女性が私に紙きれを突きだした。

「毎日投げ入れないでよ。わたしの籠はゴミ入れじゃないんだから」

井本古本店という活字が見えた。トンちゃんが配っているチラシらしい。私は、すみません、と謝って受け取った。大きな字が目に飛び込んできた。

「創業元年、ゆえに古本高く買います」女性が舌打ちしながら去った。私は、吹きだした。チラシには、こう記されてあった。「奈良時代の本から昨日の本まで」

トンちゃんが出てきた。

「凄い殺し文句だね、これ」

「大げさなのが好きなんですよ、オレ」

トンちゃんは「オレ」を「オオレ」という風に発音する。

「駅前に今どき珍しい純喫茶があります。そこへ行きましょ。ええ、看板に純喫茶と書いてあります」

「店は？」

「頼んできました、大家さんに」

「喜んでいた?」

「芳雅さんも人が悪いや」

自転車置き場の前を通る。自転車に取りつけられた買物籠には、「創業元年」のチラシが満遍なく投げ込まれていた。

「古本は売って儲け、買って儲け、でしょ? だからオレ、両方は無理だから、買い入れ専門で行くことに決めたんです」

「それで公園前に店を構えたわけ?」

「公園は偶然なんです」

道々、トンちゃんが語った。

最初、下宿を探していたのだそうである。自転車を公園に停めていた学生が、以前、友人が借りていたという家を教えてくれた。それが老女宅で、トンちゃんが古本屋を開くつもりだと彼女に打ち明けると、ここの玄関横を店に改造して使ったらどうか、と勧める。公園の自転車のぬしは大半が大学生のようだ、と教えてくれた。老女宅を紹介してくれたのも、今どき珍しく親切な若者であったし、トンちゃんは乗り気になった。自転車の数もさることながら、自転車のぬしが学生であることに目をつけたのが真相らしい。

「大家さんの蔵書は何だったの? 地理学書で大儲けって、どんな本?」

「本でなく、地図なんです」

「地図? 江戸時代のもの?」

喫茶店は駅前には違いないが、横に入った狭い路地の奥にあった。古めかしい、まがいもののレザーのソファーがあって、壁に御酉《おとり》様の熊手《くまで》が飾ってある。年季の入った縁起物の隣には、モディリアニの、丸首セーターの女の複製画が掲げてある。若者が二人、向かいあって週刊誌を読んでいる。他に客は、ない。

白髪の見える女性が、注文を取りに来た。

「何か食べませんか？　奢《おご》りますよ」トンちゃんがコーヒーを二つ頼んだあと、壁のメニューを示した。トースト、スパゲッティ、ポテトサラダ……等とある。

「腹はすいていないから、コーヒーだけでいい」

「遠慮しないで下さいよ。何しろ、地図でタンマリですからね」

トンちゃんはタラコスパゲッティを一人前注文し、更にうで玉子を二つ追加した。おやつ代わりに、と玉子を一個勧める。自分は殻を剝《む》いた玉子をスパゲッティにのせ、フォークで潰した。

「タラコと和《あ》えると、イケるんです」トンちゃんが弁解するように言った。「独身食ですワ。これに味噌汁がつくと、完全に独身メニューです。ラーメンライスと同じです」

「うまそうだな」私はお世辞を言った。

「タラコスパゲッティは冷めるとまずい。だから、失礼しますね」

私が玉子の殻を剝いている間に、たちまち平げてしまった。

「ずいぶん早いね」

「量が」声を低めた。「少ないですもの」

「それじゃ今度はこちらが奢るよ。何かもう一品。開店のお祝い」

「カツサンド、いいですか？　高いですよ」

「十人前取るわけじゃないでしょうに」

「十人前なんです。嘘、嘘」トンちゃんが笑いだした。「一瞬、ギョッとしたのじゃありませんか」

「地図の話が中途になったね」

「そうでした。戦前の、五万分の一の地図だったんです。内務省地理調査所の。それと、大日本帝国陸地測量部のもの。合わせて百枚くらいありました」

「しかし、トンちゃん、五万分の一の地形図って、そんなに珍しくはないはずだけどな。市販されていたし、けっこう、転がっているよ。おれも何枚か持っている」

「朝鮮の地図だったんです。それと樺太《からふと》もありました。南洋諸島も」

「えっ？　そいつは珍品だ」

「相談を持ちかけた神田のA書店の社長にも言われました。社長が古書市場の入札に出品して下さったのです。思いがけない落札値でした。社長もびっくりしていました。予想より、はるかに高額だそうです」

「現在では朝鮮も樺太も測量できないし、戦前の五万分の一図が唯一、正確な地形の資料ということになる。高値で当然だよ」

「地理の本の方は、案外でした」トンちゃんが、カツサンドを頬ばった。飲み込んでから、言った。

「本より紙の資料の方が、お金になりますね」

私は自分が収集している紙くずの値打ちについて語った。

「地図で味を占めたんです」トンちゃんが、ニヤリ、と笑った。「本を売るより、買い入れに熱を注いだ方が実入りが良さそうだと。それでチラシを印刷して」

「創業元年、ゆえに古本高く買います、か」

「古本と限定せず、古地図、古写真など、古い紙物と記すべきでした」

「奈良時代の物から昨日の物まで、だね」

「奈良時代の紙物から、昭和三十年代の紙物、と断らないと、いけませんね」

「具体的に示さないと、トイレットペーパーなどを持ち込まれるぜ」

「昭和三十年代の品なら、生活資料として売れるのじゃありませんか」

「年代を判断するのが、むずかしいぜ」

私たちは大まじめな顔をして、長いこと語りあった。他人が聞いたら、とても商売の話と思わないだろう。私はトンちゃんの店番が気になったが、家主が喜んで代わってくれる、と平気の平左なのである。

これが三カ月前である。案じていた通りになった。トンちゃんの店は全くふるわず、店の機能を果さずに、本の倉庫と化した。トンちゃんは、古書買い入れのチラシ配りに夢中である。チラシの文面を変えた。いわゆる、紙物を買い入れの主眼にした。運動のつもりで、歩いて各戸のポストに投げ入れていたが、そのうち公園の自転車置き場の隅に、いつも放置されている錆びついた自転車に目をつけた。たぶん捨てたのだろう、とブレーキのこわれたやつを自分で修理し、ハンドル前の買物籠にチラシの束をのせ、走らせた。遠方まで行けるし、能率が良い。ほくそ笑んでいたら、警察から呼び出しを受けた。盗難届が出ていた自転車だった。駅前の例の純喫茶前に停めてコーヒーを飲んでいたら、駐輪の仕方が悪くて、巡回中の警官に登録番号をメモされた。調べたら盗難車で、トンちゃんは泥棒にされてしまった。

大家さんの助けもあり、無事に放免されたが、自転車の場合、乗り捨てられているものの大半は、盗難車らしい。つまり、金に換えるために盗むのでなく、一時の足に使うために、鍵のかかっていない自転車を盗むのである。そして、乗り逃げする。トンちゃんは乗り捨てられた盗難車を、不用品とみなして自分の所有としたわけだが、元の持ちぬしが廃棄したのではないから、やっぱり泥棒ということになる。

トンちゃんはすっかり腐ってしまったが、取調べの若い警官が同情してくれ、区役所が古自転車を安く払い下げていることを教えてくれた。トンちゃんは酒屋さんが配達用に使う、頑丈一点張りの一台を購入した。登録し、盗まれぬように、後ろ車輪の泥よけに白ペンキで「井本古本店」と大きく記した。大抵の所には、これで出かける。先日は中野から、柴又の帝釈天《たいしゃくてん》まで走らせた、という。思ったより大した距離ではない、と笑った。

トンちゃんは自家用車を私の店の前のガードレールに寄せ掛けるように置いた。鍵をかけた上に、買物籠から太いチェーンを取りだし、ガードレールの柱と自転車の胴体を結びつけた。自転車泥が横行している、と警察署で聞かされたので、用心深いのである。

「古本屋に入るお客さんの被害が多いそうですよ」トンちゃんが言った。

「本に心を奪われるからでしょうね」

「そうか。店番も客の自転車は見張っていないからね」

「店屋に入る客は、まず自転車に鍵をかけないそうです」

「長居をするつもりがないからだね」

「古本屋の場合、鍵をかけない客は冷やかしですよ」

「泥棒はそういう客の心理を読んでいるわけか。恐れ入るね」

「ところで御用というのは何です？」トンちゃんがまじめな顔をした。私は帳場の傍らの丸椅子を勧めた。松本克平氏が座った椅子である。

そして、添木幸夫《そえぎゆきお》と伸子《のぶこ》きょうだいのことを、ごく簡単に説明した。本題は、本荘幽蘭の正体である。トンちゃんは、幽蘭を知らなかった。初めて聞く名だ、と答えた。クイズの出題者として、いっとき飯を食っていたトンちゃんだから、知識の幅広さにおいては驚嘆すべきものがある。研究者ではないので浅い学問だが、物知り博士として私はトンちゃんに比すべき人を知らない。商売人の才覚は無いに等しいが、古本屋の資格は十分満たしている。古本屋はいわゆる「本屋学問」があればよい。うわべだけの学問である。本当の学問は客がするので、本屋は学問の手引きをする者である。トンちゃんは古本屋に打ってつけの人間だった。

幽蘭について私は、松本克平さんの受け売りをした。トンちゃんは相馬黒光も、青柳有美も、名を知っていた。しかし、その著書は読んだことがない、と正直だった。

「で、オレは何をすればいいんですか？」

「幽蘭の名が登場する本を集めてほしい。別に幽蘭について書かれてなくともよい。一度でも記されていたら確保してほしい。これは添木さんに納めるから、トンちゃんの手間代になる。図書館などで見つけた本なら、何という本か、メモしてほしい」

「でも、めったにある本じゃないんでしょう？」額に手をやった。参ったな、の癖である。

その通りだった。それを知っていながら頼むのだから、私は人が悪いというより、トンちゃんに甘えているのである。本荘幽蘭という得体の知れない女を、トンちゃんと二人で追っかけてみたい、という少年じみた探偵欲であった。トンちゃんなら功利を離れて、遊び半分で楽しんでくれるだろう、と見込んだのである。

「幽蘭はいくつぐらいで亡くなっているのですか？」

「わからないんだ。生まれた年は明治十二年だから、西暦では」

一八七九年である。

「すると生きているとすれば、今年は一九八一年だから、百二歳か」トンちゃんが簡単に算出した。

「百二歳は大層な年齢ですが、生きていても不思議な年ではありませんね」

「だけど、話題にのぼる年齢だね」

「それほど評判になった人物なのに、死亡時の報道が無いのは、晩年は世間からすっかり忘れられた人だったんですね」

「何か業績を挙げた人じゃないからねえ」

「一番有名なのが、錦蘭帳《きんらんちょう》なんですね」

「そう。関係した男の名をメモした手帳」

おそらく、金蘭簿のもじりだろう。親しい友との交りを、金蘭の契《ちぎ》りという。転じて、親友の氏名と住所を記した帳簿を、金蘭簿と称する。幽蘭は女らしく金を錦に変えたのだろう。蘭はむろん自分の号に通わせている。錦蘭帳には、自分と契った男の性的特徴と、閨《ねや》の様子を克明につづってあるという。

「幽蘭女史を解く鍵は、その錦蘭帳の存在ではありませんか」トンちゃんが言った。

「というと?」

「錦蘭帳にメモられた男たちですよ」

「あ?」

「公表されると、まずい男たちですよ。そいつらが幽蘭を追っかけた。錦蘭帳を奪うために。女史は男たちから逃げまくった」

「なるほど、それで全国のあちこちに出没」

「追っかけたのはメモられた男だけでなく、新聞記者もでしょう。錦蘭帳を手に入れ、その中身を知れば、大スクープですし」

「金にもなる」

「メモられたのは、八十人から百人の男ですって？」

「誰も見ていないんじゃないかな。実数が伝わっていないところを見ると」

「たぶん女史が吹いているんですよ。本当は十人かも知れないし、たった一人かもわからない。一人でも、たとえば時の権力者だったなら、大騒動でしょう」

「利用しようという手合いも出てくる」

「錦蘭帳の行方を調べれば、おのずと幽蘭の正体も判明するのじゃありませんか」

「新聞記事には錦蘭帳のことが全く出てこないんだ」

「それが怪しいんですよ。記者たちは錦蘭帳の何たるかがわかっていたんですよ。触れるとまずいので、口を拭っていたんですね」

シッ、と私は制した。店の前に自転車が停まったのである。添木仲子だった。仲子はこちらを一瞥《いちべつ》すると、トンちゃんの自家用車の後ろに、自分の自転車を置いた。鍵は、かけない。

「錦蘭帳の話は中止だ」私は早口でトンちゃんに告げた。「幽蘭女史追究者の妹さんが来た。紹介するよ」

仲子はトンちゃんに気づいて、入店をためらっている。私は立ち上がって、彼女を迎えるべく表に出て行った。頭の中では自転車の彼女に面くらっている。確か仲子の兄からもらった名刺の住所は、世田谷区のはずだった。世田谷から杉並の当店まで自転車で？

三人がつながっている

トンちゃん、こと井本東一《いもとといち》は、添木仲子《そえぎのぶこ》にひと目ぼれしてしまったのである。いや、そう言い切ってしまっては、トンちゃんが軽薄単純な三十男に見えてしまう。でも、私にはそうとしか見えなかった。だって、トンちゃんは彼女が本荘幽蘭は実在の女だと確信した、と表明したとたん、自分も以前から幽蘭を追跡していました、とぬけぬけと口を挟んだのである。たった今しがた、私から幽蘭の名と事蹟を初めて聞いた癖に。仲子におもねった、としか受け取れないではないか。そして、トンちゃんは人が変ったように、以来、幽蘭探究にのめりこんでいった。仲子の歓心を得るためだろう。違う？　私の邪推だろうか。トンちゃんに、聞いてみよう。

違うのである。東一は仲子に恋をしたのでなく、幽蘭に恋したのである。

古書店「芳雅堂」に入ってきた仲子が、興奮気味に、幽蘭は立派な女性だったのですね、と主人に告げた。この本に出ていたんです、と赤い派手な表紙の本を紙袋から取りだした。主人が手にして、「新刊ですね」と言った。

『近代日本の女性史』（集英社）というシリーズの、第十一巻「苦難と栄光の先駆者」である。八月の末に刊行された巻で、婦人記者第一号の羽仁《はに》もと子や、女性博士第一号の保井《やすい》コノ、オリンピックで最初に日章旗を掲げた人見《ひとみ》絹枝《きぬえ》など六名の伝記が収められている。

仲子が開いて示したページは巻末の、吉見周子の解説文である。明治三十三年一月の「時事新報」の社告で、新社員の大沢豊子を採用したと述べているのを紹介し、新聞界への女性進出を説いた中に、次の文章がある。

「大沢豊子に前後して、婦人記者として、羽仁もと子（報知）、本荘幽蘭（読売）、岸本柳子《りゆうこ》（大阪毎日）、山田（今井）邦子（中央新聞）などがあげられる」……

脇からのぞきこんだ東一が、「本当だ。本荘幽蘭とある」と声をはずませた。

「幽蘭って、実在の女性だったんですね」仲子が東一を見た。

「なんだ、信じていなかったんですか。私の話を」芳雅堂が苦笑する。

「だって、古い本に出ていた人物ですから、今ひとつ、信じられなかったんです」

若い人の感覚というものだろう。

「新刊で取り上げられていることは、すべて間違いないというわけですか」芳雅堂が皮肉ったが、仲子は、「ええ」とまじめにうなずいた。

「確かに昔の本は当てにならないところがあります」東一が同調した。「研究は日進月歩、参考にするには最新の論文に限ります」

東一も芳雅堂から幽蘭のことを教えられた時、本気にしてはいなかったのである。立派な女性と思っていなかった、と言う方が正しい。それが新刊で取り上げられている。婦人記者の先駆、それも読売の記者として、名が挙げられている。男あさりで有名な女、とは違う。調査に価《あたい》する対象、と思ったのである。それで東一は、仲子に言った。

「ぼくも以前からこの幽蘭を追っかけているんですよ。一緒に、研究してみませんか？」

「ええ」と仲子が微笑した。

前にも説明したと思うが、トンちゃんには少々おっちょこちょいな所がある。面白いと思うと、やみくもに手を突っ込み、それで収まらず、首も足もみんな没入させていく。面白さの骨がらみになってしまう。もっとも私はそんなトンちゃんの性格に引かれて、相棒に選んだのではある。ひと目ぼれ、と言うなら、トンちゃんに対する私の姿だろう。

井本東一は中野駅前の、例の「純喫茶」にいる。モディリアニの複製画と御酉《おとり》様の熊手が飾られた、わびしい店である。客は東一のみで、今やここは彼の事務所のように使われている。隠れ家、でもある。店には寝に帰るだけだ。しかし、近頃は寝場所が転々として、定まらない。

実は、店の大家とひと悶着あったのである。亡くなった主人の蔵書（本より五万分の一の地図）で儲けさせてもらった東一は、黙っていられない性分なので大家に正直に報告し、市場の売上げの約半分を、渡した。未亡人（サキという）が大いに喜び、本はもう無いけれど、地図のような物はどこかにしまってあるかも知れない、探してみる、と勇んだ。

そして東一の商売を、心から応援してくれるようになった。毎日店番を買って出てくれたのはありがたかったが、ある日、伸子が東一の留守に訪ねてきて、あの娘さんとはどういう関係か、と根掘り葉掘り聞く。客ですよ、と答えると、本を買いに来た人とは思えない、と気をまわす。「卒論にある人を取り上げるので、その話をしに訪ねてきたんでしょう」と言うと、「それじゃ客ではないじゃありませんか」とむくれた。七十も半ばの老女である。あからさまな焼き餅は、冗談ですむようなことでなく、何だか怖かった。東一が店にいた時に伸子が再訪したが（伸子は中野区の住民だった。自転車で訪れたのである）、サキは二人の会話を盗み聞きしている様子だった。

東一が咎めると、「あなたは何も知らないお坊っちゃんだから、私が守ってあげたいんです」と言う。「あの娘さんは、乙女の風を装っているけれど、かなり遊んでいる人です」自信ありげに断じるので、東一はさすがに色をなした。引っ越すと息まくと、サキが泣いて詫びた。

こんなに早々と引き揚げられると、世間様が妙なうわさをするから、かんべんしてほしい。自分は家賃で食べている身だから、と哀願した。そんなサキは年相応の、つつましい未亡人であった。

折も折、「創業元年」のチラシの反響が、意外なところからあったのである。

東一がテレビや新聞でクイズ出題者として活躍していた当時、彼に目をかけてくれたディレクターが、「問屋《とい》」というグループを紹介してくれた。出題者たちの友好組織である。二十数人の小さなグループだが、クイズの本の編集などを請け負ったり、外国のクイズを翻訳して売り込んだり、けっこう活動していた。会員は大半が副業としてクイズに関っていた。大学教授や編集者だけではない、あらゆる職種の人たちだった。

東一は問屋の会員を続けていた。古本屋を開業した挨拶と共に、「古本高く買います」のチラシを同封したのである。すると、あちこちから、「奈良時代の本は無いが、昭和の本が大量にある。引き取ってほしい」と依頼が来た。クイズを作る人たちだけに、たくさんの本を読んでいる。高額の本は見当らないけれど、東一の生活費には十分すぎる売上げが出る（買い入れた本は、そのままそっくり古書市場に出品して、金に換えてしまうのである）。

東一は仲間と旧交をあたためながら、古書や古い紙くずを処分したい者を紹介してくれるよう、ぬけめなく頼み、ついでに、本荘幽蘭について教示を願った。問屋の会員たちは、好奇心旺盛の面白がり屋だから、むしろ、一銭の得にもならぬ探しごとに目を輝やかせるのである。探しながらクイズのネタを得る狙いで、頼まれた方が張り合いがあるのだ。

彼らに話を持っていって正解であった。彼らは調べることを苦にしない。図書館をおのが書斎としている。古い新聞を丹念に繰る。

そう、東一のねぐらは、今や問屋の独身の会員宅なのである。古書の話題を歓迎する彼らが、喜んで泊めてくれる。そして「純喫茶」（今更、店の名を告げなくともいいだろう）で東一は、会員から寄せられた幽蘭の新聞記事を、一つ一つ読んでは、ノートにメモしている。記事は、十数件ある。コピーや、書き写したもの（これが各人の癖字で読みづらい）を、まず年代順に並べ、次に月を追う形で整理する。

たった二カ月で、これだけ幽蘭の消息が集まったのである。一人で調べていたら、一年はかかるだろう。とりあえず幽蘭が活動を始める明治三十年代から大正改元までに絞って記事を拾ってもらったのだが、そして重複を避けるため、各自一紙に決めたのだが（東一が指名した）、読売新聞や大阪・東京朝日新聞、東京日日新聞など大手紙は、読みでがあるので一人で二年分を担当してもらった。東一が上手に割り振ったのである。

おや、と東一は目をみはった。

明治四十年五月十日付の読売新聞記事の抜き書きである。「一昨夜のブース反対演説会」という見出しの記事を、改めて最初から読んでみた。

ブースというのは、ロンドンで救世軍を創始したイギリス人牧師である。軍隊の組織でキリスト教伝道と社会事業を行った。すなわち救世軍の大将である。日本にも明治二十八年に支部が設けられ、岡山県人の山室軍平《やまむろぐんぺい》が日本救世軍の中将になった。近頃ブースが来日し、演説を行った。それに反対する演説会が、「例の松本道別等によって」、神田錦町の錦輝館で開催されたというのである。

大層な数の聴衆が押し寄せた。本荘幽蘭女史が、「最近に於ける妾《わらわ》の信仰」という演題で、次のような話をした。

神道や仏教の経典が難解なのに反し、キリスト教の聖書はわかりやすく、自分も多大なる興味をもって常にこれを読んでいる。聖書を通して神道の教理を窺えまいか、と望んだのであるが、そもそも諸種の宗教がわが国に入った時には、かなりの醇化を経たものであって、ブース大将の演説も、ただその説くがままを、ただちに受け取るのでなく、よろしく批評的にこれを聴くべきである。

すると満場の聴衆が、いっせいに騒ぎだした。女史は声を張り上げ、「もし諸君の中で妾の意見に不満の者があるなら、あとで妾の許《もと》に来なさい。とくと話し合いましょう。いたずらに興奮なさいますな」となだめた。ようやく場内は静まったが、女史は、「今の騒ぎに上気して演説の後半は続けられない」とそのまま不得要領に壇を降りてしまった。

このあと数人の弁士が立ったが、野次や怒号がやかましく飛び交《か》い、「相変らず聴衆がワイ〳〵騒ぐなぞ近来稀れなる盛況にて又飛《またとん》だ滑稽なる会合なりしと」

東一が注目したのは、「松本道別《まつもとちわき》」という人物である。この人は明治三十九年の東京市の電車賃値上げ反対市民大会の発起人である。前年の日露戦争講和条約調印には、「弔講和成立」と記した旗を外務省にかつぎこんだりした。新聞記事で「例の」と注記されたのは、以上の行動を指し、お騒がせ男という意味である。

松本道別の名を東一が知っているのは、そのような社会運動家だからではない。彼は夏目漱石の著書『金剛草』（評論・エッセイ集）の編集をしているのである。そのやりとりが漱石全集の書簡篇に収められている。松本と幽蘭の結びつきが意外だったのである。

それと記事の日付である。見出しに「一昨夜」とある。記事の掲載日が五月十日だから、一昨夜は五月八日夜だ。東一はメモ帳を見た。メモ帳には、幽蘭記事掲載の年月日が記されている。

明治四十年五月六日付の東京日の出新聞記事がある。

「幽蘭女史大《おおい》にゼムと闘ふ」という見出しである。

「幽蘭女史と云へば俳優ともなり某新聞の女記者ともなり変り者の金看板を掲げた有名な美人だが、此頃博覧会を当込《あてこみ》に幽蘭軒と云ふ喫茶店を開いたが何しろ主人公が洋服姿に大きな蟇口《がまぐち》をぶら下げて君掛け給へと云ふ調子だから、田舎者はおつ魂《たま》げて逃出す始末」……

あまりの閑散ぶりに耐えかね、「世界館」で一時間いくらのアルバイトをする。仕事は、館内外の巡視である。

「芝居がかつた身振と怪しい洋服姿で盛に人目を惹《ひ》いて居たが」、そこに通りかかったのが、「当時売出しの小説家門下生を二三名連れて暮れゆく春の弁天堂」、見つけるが早いか、まあ先生お久しぶりね、ちょいとそこらで夕食をつきあって下さいな、と「例の調子でやり出したから、某先生も閉口して」、よしよし、まあ来たまえと、「池端に面した三層楼に」誘う。そこで幽蘭は、「玉の盃底なきが如しとばかり」飲むこと飲むこと。酔って、「同席の大家の迷惑もかまはゞこそ、ね、でせうと得意の怪弁を振つて居た中《うち》は無事だつたが」、やがて隣室の学生たちと口論となる。

「某先生は門下生に命じて取静めたが」、騒ぎはそれで治まらない。

「向ふ側のゼムの売店の御連中、何と思つたか突然広告用のサアチライトを幽蘭一座に浴《あび》せかけた」

一同はこりゃたまらぬと逃げたが、女史は端近くまで出て「軍神広瀬中佐といふ見得で」サーチライトをまともに受けながら、ちょいとご飯を召しあがれ、おなかが空《す》いてはゼムも効きませんよ、と大声でからかう。ゼム側も躍起になり、やめない。幽蘭は箸と茶碗を高く掲げて挑発する。野次馬が集まって拍手を送る。「殆《ほと》んど博覧会絶好のポンチ絵を現出したるが」、幽蘭は世界館巡視の時間に遅れ、たちまち馘首《くび》。「頭痛鉢巻で青くなつて嗚呼《ああ》ゼムは頭痛に害があります」

記事の末尾に、「これは『新聞集成明治編年史』の第十三巻よりメモ」と、問屋会員の覚書が記してあった。更に追って書きがあった。「東京日の出という新聞は、この年の四月に創刊された、とこの本に出ています。平民新聞が廃刊し、そこの機械と家屋を借り受けて始めたようですが、幸徳秋水、堺利彦ら平民新聞の一派とは、全く関係のない人たちによるものらしい。ついでに記すと、五月三日の東京朝日新聞に、夏目漱石が大学をやめて当社員になった、と報じております。その『入社の辞』が掲載されています」

東一はもう一度最初から記事を読みつつ、気になる事柄をメモした。

「博覧会」「喫茶店」「世界館」「某小説家」「門下生は二、三名」「弁天堂」「池端の三層楼」「ゼム」……という工合である。

以前、東一はクイズで博覧会特集を受け持ったことがある。大阪万国博覧会の余韻がまだ残っている頃であったから、たぶん、昭和四十六年である。古参出題者のアシスタントをしていた。その時ずいぶん勉強した。博覧会の歴史、種類、規模、エピソードなど、先輩に認められたくて、まじめにノートを取った。そのノートは大事に持っている。

年度はうろ覚えだが、明治四十年の博覧会というのは、上野公園で開かれた東京府勧業博覧会と思われる。会場は三つに分かれていて、不忍池《しのばずのいけ》周囲に、「外国製品館」「台湾館」「三菱館」他が設けられていた。「世界館」は、外国製品館のことだろう。池端や弁天堂は、不忍池を示している。

東京府勧業博覧会の様子は、漱石が『虞美人草《ぐびじんそう》』で描いている。朝日新聞に入社した漱石の、最初の連載小説である。

東一が面白いと思ったのは、漱石と松本道別が知り合いであり、松本が主催した演説会に、本荘幽蘭が参加していることであった。三人が、つながっているのである。しかも、この明治四十年五月は、幽蘭の動きのめまぐるしいこと。まさに、ここに居たかと思うと、あちらに居る。何だか幽蘭が、生涯で最も活発に行動した年でないのか、という気がする。それが証拠に、問屋会員から寄せられた記事は、明治四十年分が多い。

「某小説家」が何者であるか、調べてみたい。「ゼム」は、船酔い車酔い、頭痛、気鬱を散ずる錠剤である。口に含むと香りがよく、甘くて、スッとする。頭痛に害あり、は記者の洒落《しやれ》である。

東一は久しぶりに店に帰った。博覧会ノートを見るためである。

開業はしたが、何ひとつ手をつけていない。仕入れで商売をしているのだが、遊んでいる、とサキに見られても仕方ない。

そのサキが、ニコニコしながら奥から出てきた。

「昨日、伸子さんというかたが訪ねてまいりましたよ」

「何か言っておりましたか？」

「お忙しいんですね、と残念がっていましたよ。お若いのに、皮肉だけは一人前ですね」

「何度もムダ足をすれば、言いたくもなるでしょう」

「あなたはやっぱり甘い」サキが嬉しそうに手を揉《も》んだ。

「あなたはあの子に手玉に取られているんですよ」

「サキさん、からかわないで下さいよ」

「あなたがかわいそうだから教えているんです。昨日、あの子、恋人と一緒でしたよ」

「恋人？」

「ずいぶん前から仲が良いのではないか、と私は見ましたがね。本の話を、ひそひそと交《か》わしていましたよ」

「ああ、サキさん、あれは恋人でなく、兄妹ですよ。兄と妹」

「きょうだい？　嘘ですよ」

「だって、そうなんだから仕方ない」

「あたしには恋人とわかります。だてに七十五年も飯を食べていませんよ。恋人の匂いがしますよ。においが」

「まさか本人たちにそんなことを言わないでしょうね」

「古狸ですからね」サキが怪しく笑った。「それより井本さん、納戸から主人の持ち物が見つかったんですけどね。商売に使えるかしら？」

「何でしょう、持ち物って？」

「写真なんです。あちこちの。いろんな場所で撮《と》った、古い写真」

幽蘭は二人いる

何から、説明しようか。

そう、まず、本荘幽蘭が、明治四十年の東京府勧業博覧会場で呼びとめた、「当時売出しの小説家」が何者かである。「門下生を二三名連れて暮れゆく春の弁天堂」、これは上野の不忍池の弁財天をまつったお堂である。博覧会は、三月二十日から七月三十一日まで開催された。不忍池の西から東に、仮橋が架設された（観月橋と命名）。

幽蘭が群衆の中から目ざとく見つけた小説家は、夏目漱石である。

漱石は四月末から五月初めにかけて、連日のように博覧会を見に行った（荒正人《あらまさひと》『漱石研究年表』による）。

漱石はこの年、大学教授をやめて、東京大阪両朝日新聞社に入社した。専属で同紙に連載小説を書く条件である。博覧会見物は取材の一環であった。荒正人の年表によれば、「いろんな服装で行くので、不思議に思われる」とある。この出典は、五月三日付の国民新聞掲載「文芸界消息」による、とある。

一人で出かけたのか、門下生を連れて行ったのか、定かでない。『年表』ではっきりしているのは五月二十六日で、この日は小宮豊隆《こみやとよたか》（のちの独文学者。漱石全集の編集主幹）と博覧会場をのぞいたあと、浅草へ散歩し、吉原遊廓に足を延ばしている。ちょうど吉原神社の祭礼日で、芸者の手古舞《てこま》いを見たついでに、ひやかし客の群れに混って歩いたらしい。更に橋場の渡しで、向島に渡った。木母寺《もくぼじ》の境内で博覧会場で購入した鯛飯《たいめし》弁当を食べた。食後、藤棚の下で昼寝をしたあと、森川町に出た。植木屋の店先で美しい花に目をとめた。「何という花か」と訊くと、「虞美《ぐび》人草《じんそう》だ」と答えた。ポピーである。漱石は二鉢買い、「これで初めての連載小説のタイトルができたよ」と小宮に告げた。

植木屋との問答を記して、「『虞美人草』予告」を、五月二十八日の東京朝日新聞に発表した。

小説の連載は六月二十三日から始まった。

勧業博覧会のシーンは、八月十日の第五十一回が最初である。

「博覧会は当世である。イルミネーシヨンは尤《もっと》も当世である。驚ろかんとして茲《ここ》にあつまる者は皆当世的の男と女である」

人々の関心事である博覧会を、ぬかりなく小説にとり入れた漱石こそ、当世的作家であろう。会場の一つ、不忍池畔でドラマは起こる。すなわち、「運命は丸い池を作る。池を回《めぐ》るものはどこかで落ち合はねばならぬ」押すな押すなの見物客にもみくちゃにされ、二組の登場人物たちは、疲れて池畔の休憩所に入る。彼らは友人同士だが、相手の存在に気づかない。休憩所に入って、一方の組が見つけるのである。しかしもう一方はこれを知らない。何しろ、「四五十人」の客でいっぱいの大広間である。小さい卓を三人四人が囲んでいる。その卓が所狭しと置いてあるのだが、空いた席を見つけるのがひと苦労である。

この休憩所が、幽蘭たちの入った「池端に面した三層楼」だろうか。

漱石は、こう書いている。「池の水に差し掛けて洋風に作り上げた仮普請《かりぶしん》の入口を跨《また》ぐと」――登場人物たちは一階の卓についてしまったので、果してこの建物が平屋なのか三階建てなのか、わからない。そして彼らは、「亡国の菓子」を注文する。洋菓子のことである。彼らの一人の旧弊な父親が、書生が西洋菓子を食うようでは日本も駄目だと言う。怠け者の意味らしい。彼らが食べた洋菓子は、チョコレートを塗った卵糖《カステラ》である。

物語が進むと、この休憩所の屋号が出てくる。「亀屋《かめや》の出店《でみせ》」とある。岩波書店刊漱石全集四巻（一九九四年）の注解（平岡敏夫）によれば、「京都亀屋会休憩所」で、「不忍池の南西隅」に建てられていたという。

さて、明治四十年当時、「売出しの小説家」は、この漱石をおいて他にいない。朝日新聞社に三顧の礼で迎えられた人である。『虞美人草』連載予告が出たとたん、三越呉服店が虞美人草ゆかたを売りだしたという。前評判が異常に高かったのである。

「門下生を二三名連れて」漱石にはその頃、誘えば喜んでお供する弟子が、何人もいた。先の小宮以外に、森田草平、松根東洋城《とうようじょう》、鈴木三重吉、野上豊一郎、寺田寅彦らで、この頃、毎週木曜日の夜を「木曜会」と名づけ、漱石宅に集まって雑談に興じていた。


と、ざっと以上の話を、私はトンちゃんこと井本東一に語った。

「凄いなあ」トンちゃんが、うなった。「それで漱石と松本道別と本荘幽蘭が結びつくわけですね。売出しの小説家は、漱石だったのか。門下生二三人か。尾崎紅葉は、どうしました？『金色夜叉』の紅葉も、門弟数十人といわれたはずですが？」

「紅葉は四年前に亡くなっている。『金色夜叉』は未完だ」

「新聞記事には売出しの小説家を、『某先生』とか、『同席の大家』とも称していますね。文壇に出たての若造ではありませんね」

「まあ、多少おちょくってはいるけどね」

「ゼムはどうです？　さすがに漱石の著作にはゼムは出てこないでしょう」

「ところが、どっこい。やたら、出てくる。漱石先生は愛用者だったのではないかと思う」

「ゼムの？」

「何しろ先生は、胃病持ちだろう？　絶えず懐中にしていたのではないかな。少くとも、満洲や韓国に旅行した際は携行している。途中で尽きて、大連の薬屋で求めている。二十銭で。『満韓ところどころ』に購入のエピソードが出てくるよ」

「ところで漱石は幽蘭をどのように見ているんです？」

「さあ？　漱石全集をざっと見た限りでは、触れていない。全く記していないと思うよ。全集の索引に幽蘭の名が無いから」

「すると」トンちゃんが目をしばたたいた。

「芳雅さんは何で知ったんです？　漱石と幽蘭と松本道別の関係」

「おれの推測だよ」

「根拠は何です？」

「何も無い。『虞美人草』に博覧会が出てくるし、漱石は何度も足を運んでいるから、出会っても不思議はないからさ」

「そりゃそうですね」

トンちゃんが、笑いだした。ばかばかしい、と一言のもとに切り捨てないところが、トンちゃんのよさである。

「ところで、その博覧会ですが、これを見て下さい」と自家用の大学ノートを差し出した。「博覧会ノート」とある。トンちゃんが開いて見せたページは、「明治四十年東京府勧業博」と見出しがあり、新聞活字の大きさでビッシリと書き込んである。

「新聞や雑誌、本からの抜き書きです」

「これ、トンちゃんの字？」

　昔、ガリ版字体というのがあった。謄写版の原紙を鉄筆で切る際の文字は、枡目（ます）からはみ出さず角張った形に整える。平仮名が、片仮名のようである。印刷にかすれが出ないよう、均等に筆圧をかけるので、無個性の文字だが読みやすい。

「トンちゃんの小学校教師時代、まだガリ版を使っていたの？」

「大活躍でしたよ。青焼きのコピーが学校に配置されたのは、昭和五十年だったかな、オレが教師をやめた年ですよ」

「そうなんだ」

「毎日のように原紙を切ってました。好きだったんですよ。鉄筆のカリカリとヤスリをこする音が」

「ああ、それ」トンちゃんが黄色い付箋のあるページを示した。「堕落女史本庄久子」と見出しがある。名前には、「ほんじょうひさよ」と読み仮名がついている。

「記事を書き写したことを、すっかり忘れていましたよ。その頃は幽蘭に全く関心がなかったものですから」

「これ、滑稽新聞第百三十七号、明治四十年四月二十日発行と出典が出ているね」

　宮武外骨による月二回（五日、二十日）発行の時局諷刺雑誌である。

「その号に東京博覧会だよりという欄があったので、写したんです」

「四月三日午後四時とあるね」

読んでみた。投書である。筆者は、虎前亭張倒。捕《と》らまえて張り倒す。もとより戯号である。前記の日時に博覧会の夜景を見に出かけた、というのである。

「会場の西南より裏手を廻り紅葉橋を渡りて上野山下に出で花園町十番地の角を廻りて三軒目に間口一間半奥行一間の休憩所あり紫の幕に蘭の花三ツを丸く白抜きにしたるを見受け申し候」

これが「幽蘭軒」という喫茶店である。

「折から紫の袴に黒地紋付を着たる三十過《すぎ》の姥《うば》桜これが此家の主婦なるべし」

おや？　「怪しい洋服姿」ではない。「大きな蟇口《がまぐち》」もぶら下げていない。日によって洋服だったり、和装だったり、変えていたのだろうか。

「サア先生ドウゾコチラへと洋服の髯連《ひげれん》二三名を招饗《しようきよう》いたし居り候」

まあ先生お久しぶりね、の口調である。これが、「例の調子」というわけだろう。

「屋内にビラ絵の如きものを貼付《はりつ》け、これに墨絵の蘭を描き贈幽蘭女史、毎日新聞社何某《なにがし》とある」

よくよく見ると、「幽蘭餅製造所」という文字がある。

「そこからが、問題なんです」トンちゃんが言った。「次の文章です」

私はそこで声に出して読んだ。

「かつて貴誌に同名の女新聞記者ありといふ事を思ひ出してフヽン、新聞記者が餅を売つて人様に御茶料を頂くやうになるとは、イヤ早《は》や呆《あき》れた尼ツチヨにて候」

これが虎前亭の投書全文である。

「つまり幽蘭は外骨の滑稽新聞に在籍したということ？」私はトンちゃんを見た。

「ねえ？」トンちゃんが意味ありげな笑顔をした。「読者が思いだしたと言うんですから、確かに居たのだと思います。かつての社員を、堕落女史呼ばわりをしているのは、何か問題を起こしてやめたのではありませんか」

「男女関係だな」

「それと、名前のルビです。久子とあって、ひさよと読ませている。もしかすると、久子が戸籍名かも知れません」

「そして姓が本庄、庄の字だね」

「滑稽新聞のバックナンバーを調べなくちゃいけませんね」

「いい人を知っている。そうだ、あのかたに頼もう」

宮武外骨の著作コレクターである。わが店でも十数種、買っていただいた。フリーの編集者で、外骨著書の復刻をもくろんでいた。私の店の近くに住んでいるかたで、最初のうちは私の所だけで買っていたのだが、一向に集まらない。業を煮やして、神保町や本郷、早稲田の古書店に軒並み声を掛けたものだから、本は次々と出てきたが、やがて、思いがけぬような高値で買わされる羽目に至った。古書の仕入れ形態に通じていなかったためである。古書業者は古書市場で、セリによって客の注文品を落とすのである。一冊の本に注文が集中すれば、人気で落札値がはね上がるのは当然であった。

古書を探す時は、あちこちの古書店に依頼してはいけませんよ、と私が教えた時は遅かった。高すぎるという理由で、注文品をキャンセルするのは、なおいけない。客の信用を落とす。業界に触れが回って、締めだされる。コレクターとしては致命傷である。

お客さまは笑って私の忠告を聞き入れた。太っ腹なかただったし、何より財政が豊かだったから、案じることはなかった。スポンサーがついていたようである。外骨本の復刻を手がけようという出版人であろう。

私は早速、滑稽新聞について問いあわせた。

すぐに返事があった。

「なんだ、外骨の本が入荷したのじゃないのか？」ガッカリしている。

「滑稽新聞はまだ揃わないんだ。欠号表を送るから、早く間に合わせてくれよ」

私は幽蘭の記事が見たい、と希望を告げた。

「お安い御用だ。手持ちの号に当ってみる。なに、詳細な目次を作ったんだ。索引を兼ねている。ただちに調べがつくよ。コピーを送ってあげる」

驚いたことに、翌日、速達でコピーが届いた。

滑稽新聞は、創刊号が明治三十四年一月二十五日発行で、終刊号が四十一年十月二十日発行である。通算百七十三号だが、お客さんの所持しているのは、このうち九十六冊であった。

コピーは、三枚である。

「滑稽倶楽部第一回集会　……席上に小野村夫子《おのむらをし》の挨拶に次いで茅渟浦頓兵衛子《ちぬのうらとんべゑし》の入社披露、幽蘭女史の月経論……」（第六号　明治三十四年五月二十日）

同じ紙面に、「滑稽新聞記者と名乗る者は（人相―平賀源内に似たり）、小野村夫（人相―女に似たり）、何尾《なにお》幽蘭（人相―蛙に似たり）矢口渡《やぐちわたる》」うんぬん、とあり。

小野村夫は、宮武外骨の別名である。

「滑稽新聞記者　何尾《なにを》幽蘭、矢口渡は先月以来家事上の都合により客員として寄稿する事となり……」（第十号）

第百四十号（明治四十年）に、「奇傑相撲競《くらべ》」なる番付が出ている。前頭に、「堕落界　本荘幽蘭」とある。

「とりあえず目についた三点だけ送ります。幽蘭女史は本誌の記者らしく、やたら出てきますよ」とメモが添えてあった。

私はトンちゃんにコピーの内容を電話で語った。

「えっ？　何尾幽蘭ですか？」トンちゃんが、絶句した。

「そんな戯号を用いていたらしい」

「芳雅《ほうが》さん」トンちゃんがまじめな声で、私の屋号を呼んだ。

「もしかすると、彼女の本荘も戯号じゃありませんかね」

「姓でなく、かい？」

「ほんしょう、言うらん。ほんしょうは、本性です。本心、本音。あるいは本当の正体と言い換えてもいい。本当の私を明かしてやろうか、とからかってる」

「なるほど」

二日後、外骨コレクターから、また三枚、コピーが送られてきた。

「お目玉頂戴（中）……作田検事殿の御意見は一応御尤《ごもっとも》ではあるが……社員幽蘭は尚進んで検事殿に向ひ……」（第三十一号　明治三十五年七月一日）

「ヒドイお目玉を頂戴した幽蘭は尚も進んで作田検事殿に向ひ……其全文を転載してはならぬぞの事でございますネー……幽蘭例の小《ちいさ》からぬ眼《まなこ》を丸めて『アマりひどい事を云ふと情実を憎まれますワ、情実を』……」（第三十三号　明治三十五年八月一日）

私はトンちゃんに連絡した。トンちゃんが自転車で飛んできた。

「いやはやだよ、トンちゃん。幽蘭は二人いた。これを読んでくれ」ともう一枚のコピーを渡した。

第百二号（明治三十八年八月二十五日）のコピーで、こうある。見出しが、「何尾幽蘭の迷惑」

「同人は本誌第十号前後の頃『幽蘭女史』とも自称せしが、一昨年頃より東京に幽蘭女史といへる真の女史現はれ、堕落の果《はて》各地をウロツキ、昨今は当大阪に来りて怪しき運動をなし居《を》れるに、同女を曾《かつ》て滑稽新聞社員たりし者と誤認する迂《う》闊《かつ》者もありといふ」

「まぎらわしい」トンちゃんが苦笑した。

「すると本荘幽蘭の履歴は、この何尾幽蘭の行動とゴッチャになっているかも知れませんね」

「その通り。道理で二十面相であり、四十面相なわけだよ」

「各地をウロツキとありますから、全国に出没したことは間違いありませんね」

「何尾幽蘭は滑稽新聞社員とあるから、調べればわかるだろう」

後日判明したことは、こちらの幽蘭は女でなく、三好米吉という宮武外骨の相棒だった。明治三十五年に滑稽新聞の記事で官吏侮辱罪に問われ、堀川監獄に拘留された。程なく執行停止で出獄、裁判で無罪になった。この時の警察調書によれば、三好は大阪市の生まれ、当年二十歳八カ月と若い。滑稽新聞の編集兼発行人だった。

見た目と物腰の柔らかい青年なので、外骨に女史と呼ばれていたらしい。幽蘭の他に、矢口渡という筆名も使っている（別人でなかった）。

「本荘幽蘭が東京に現れたのは、一昨年頃よりとありますね」トンちゃんが言った。

明治三十三年頃である。

「滑稽新聞の創刊が三十四年。すると三好が幽蘭を名乗ったのは、偶然でなく本荘を意識してのことでしょうか」

「真の女史のご乱行が有名になってだろうね。外骨が命名したのかも知れないな。パロディのつもりだろうね」

話を、急ぐ。

私はトンちゃんから預かった、サキの亭主の遺品という古い写真を、毎日丹念に調べていた。地理学者が集めていた生写真である。故人は、人文地理学の地方都市研究を専攻していたのだろうか。町並や、大通り、裏通りの景、工場や公共建築物の写真ばかりである。写真の裏に、撮影場所と日付が記してある。地域ごとに何枚かずつまとめれば、郷土資料として売れるのではないか。戦前のものが多い。

放火の下見と間違われ

芳雅堂様。
大変ごぶさたをしております。いろんな事が次々とありまして、何からお話したらよいものやら、お会いしてご報告した方が、細かいことまで説明できて小生も楽なのですけれど、時間が無いのです。それで走り書きの手紙にしました。少しの暇を見つけては書きつげるので便利、とあくまで小生の都合であります。お許し下さい。意味不明のところは、いずれご面晤《めんご》の折（と古風な言葉を使いましたが、以前から使いたかったのです。先輩の芳雅さんが相手なので心置きなく使えました）詳しくお話しますので、疑問に思いました点はメモしておいて下さいまし。

という書き出しの手紙が届いた。差出人は、トンちゃんこと、井本東一である。日付は昭和五十六年十二月三日。芳雅堂は、むろん私である。以下、原文。

新聞でご存じかと思いますが、中野の放火魔は、ついに小生の近所に現れました。
わが店の前の、公園です。止めてあった自転車の買物籠に火をつけたのです。悪いことに籠には、小生が投げ込んだ、例の「創業元年」の古書買入れチラシがありました。小生は毎日、止めてある自転車の買物籠に、片っぱしからチラシを入れていたのです。このチラシが燃えていたのです。四、五台の自転車に、黒い燃えカスが残っていたので、放火とわかりました。

当然、チラシのぬしの小生が警察に呼ばれました。放火犯とは疑われませんでしたが、チラシの配布についてはお叱りを受けました。

自転車の籠からすべて回収して店に戻ると、今度は家主のサキさんから文句を言われました。サキさんも警察に聴取されたのです。

当日、小生は国会図書館に朝からこもって、マイクロフィルムで明治の新聞を読んでいたのです。閉館後、歩いて日比谷に出て、そして有楽町駅近くのガード下の飲み屋で、軽くビールを干したあと、電車に乗りました。中野駅に降り、北口に出てきたら、放火騒ぎだったのです。以上の行動を逐一、警察で述べたわけです。

なぜ国会図書館に行ったのか、問われました。調べ事がありまして。調べ事の内容は何か。明治時代の出来事を確認するためです。

本荘幽蘭の名は、出しませんでした。怪しまれますからね。説明したら、ますます、怪しまれます。何せ、警察は、チラシの「創業元年」を疑ぐるのですから。放火犯はチラシの文言に関係があるのではないか、と推測するのです。小生の店の本を見せてほしい、と言われました。構いません、どうぞお越し下さい、と答えました。やましい書物は一冊も無い。警察の人は後日伺う、と申されました。

サキさんはすっかり、おじけづいてしまったのです。放火魔は、もしかしたら古本をねらったのかも知れない、と警察の尋問から短絡的に考えてしまった。小生はそんなことはありえない、と抗弁したのですが、本は紙ですから、付け火をされたら、ひとたまりもない、巻き添えを食うのはごめんだ、お金を出すから店を移ってくれまいか、とこうです。

放火犯が捕まらない限り、サキさんを説得するのはむずかしい。では引っ越しをしますから、新しい店が見つかるまで猶予を下さい、と小生は渋々折れました。

そうと決まったら現金なもので、サキさんの態度がガラリと変りました。愛想よくなったのでなく、逆です。喜んで店番を買って出てくれた人が、ひどく、よそよそしいのです。

小生は真剣に店舗探しを始めました。亡夫の蔵書を返してくれ、といつ持ち出されるか、わかったものではありません。現に、先だって渡した古写真はどうなっているか、と聞かれました。古書市場で処分してしまった、と嘘をつきました。一銭にもなりませんでした、とつけ加えました。サキさんは何も言いませんでした。

小生は自転車で中野駅の南口方面を走りまわり、恰好の空き店舗が無いか物色しました。住宅街の入口に、元理髪店だったという三坪の店を見つけたのです。奥に三畳間があって、寝泊りできる。トイレも、台所もある。店はガランドウで明るい。リフォームの必要はない。書棚を壁ぎわに設置すれば、ただちに書店営業ができる。

小生は不動産屋さんに寄って、賃貸条件を確かめました。家賃は、五万円です。敷金が二カ月分、礼金が一つ。問題は店の壁から突きだしている水道管でした。床屋さんが客の洗髪用に使っていたものです。太い水道管で、これを隠すか移すか、いずれにしても水回りの費用は馬鹿にならない。不動産屋さんは調べますと受け合い、本屋さんに水は大敵ですものね、と笑いました。小生は、火もそうです、と言いました。

サキさんには決定してから伝えよう、と思い、それにしても物入りだ、と舌打ちをしたことでした。放火の、とんだとばっちりです。住所が変れば、「創業元年」のチラシも作り直さなくてはならない。せっせとバラまいたチラシも、無効です。地図で得た儲けも、下手をすると利息をつけて持ち出しです。小生は、アア、と溜息をつきました。

その晩、中野にまた放火魔が出現しました。なんと、今度は、小生が借りようとした元理髪店のま裏の、住宅街の一画です。町会の掲示板に火を付けられたのです。皮肉にも掲示板に貼られた、「放火に気をつけよう」というポスターが焼かれたのです。

翌日、小生が本を整理していると、警察官が訪ねてきました。てっきり、本の内容を調べにきたと思いましたら、ゆうべの放火の参考人に擬されていたのです。例の店舗物件です。不動産屋さんが、小生のことを話したものと見えます。本には火と水が大敵と語っていた、などと聞き込みに答えたのでしょう。自転車で住宅街を走りまわっていた小生は、放火の下見と間違われました。店舗探しの目つきは、どうやら付け火をする不届き者のそれに似ているようです。

むろん、疑いはすぐに晴れました。不動産屋に名刺代わりに渡した、「創業元年」のチラシのおかげでした。身元を告げる犯罪者は、いません。

小生はすっかり腐ってしまいました。もはや、あの店舗に引っ越す気力もない。もっとも、家主が放火事件に恐れをなし、水道管の処置よりも、自分が店を使う、と言いだしたそうです。コインランドリーを開くそうです。これなら水道管をそのまま活用できますものね。

妙なものですね。南口の住宅地に放火魔が出たと知ったら、サキさんの思惑が、また変わりました。男手が無いと怖いから、このまま居てほしい、と泣きつくのです。こちらに否《いな》やはありません。よかった、これで「創業元年」のチラシを無駄にしなくてすむ。まっ先にそう思い、胸を撫でおろしました。何しろ、あと一千枚くらい在庫があるのです。

そうこうしていると、またまた放火騒ぎです。今度は中野駅の線路沿いです。駅を挟んで、南と北と交互に火をつけられている。土地鑑のある者に違いありません。

町会から防犯パトロールに参加してほしい、と要請が来ました。サキさんが小生に頼むのです。協力しないと、肩身が狭い。万が一、何かあった場合、町の人に助けてもらえない。それに先日、目の前で火をつけられているのに、知らぬ顔はできない。どうか私の名代として加わってもらえまいか。サキさんは町内の古顔だから、不義理を恐れているのです。小生は承知しました。古地図や古写真の恩誼がありますからね。儲けさせていただくのは、時に高くつきます。

町会の有志が二十数人、店の前の公園に集合しました。即席のパトロール隊が結成されました。五人ひと組で、町内を見回るのです。一人が拍子木を打ち、四人が声を揃えて、「火の用心」と叫びます。防火と防犯のパトロール隊です。各隊コースを決め、飽きないように一週間ごと、持ち場をチェンジすることにしました。

小生の組は、商店主と五十代の会社員と七十代の老人、それに大学生で、いずれも男です。「色気のないグループだな」と太った商店主が笑いました。他のグループには、主婦や若い女性も混じっています。組分けは、町会長がその場で適当に行ったのでした。

大学生が小生に頭を下げました。おや？　と改めて見ると、小生にサキさん宅を紹介してくれた、あの学生です。

「同じ町内だったの？」驚くと、「ここの町会は、だだっ広いんですよ」と答えました。「慣れましたか？」と問うので、町内のことかと聞き返したら、いや、下宿ですと言う。ああ、サキさんの所かと合点し、「居心地は悪くありませんがね」と語尾を濁しましたら、学生が意味ありげな目つきをして、声を立てないで笑いました。

「でしょう？」と言うので、何のことかととまどいました。

「さあ、出発しましょう」商店主が小生たちをうながしました。そして首から下げた拍子木を、力強く打ちました。熟練の、冴えた音色です。

「火の用心」学生が普通の声で言い、小生と老人と会社員が、あわてて追いかけました。「声を張りあげて」と商店主が注意しました。拍子木を打つ者が、組長です。カーン、カーン、と二つ打つ。「火の用心」四人が声を揃えました。今度はわりあい大きな声が出ました。

小生たちは駅を背にして、住宅地の奥に進みました。時間は午後の四時近くです。風が出てきました。夕暮れも迫っています。

二人ずつ並んで進みます。拍子木がしんがりです。カーン、カーンと鳴らすたび、小生たちを包もうとする夕闇が、驚いたようにあとずさりします。

「あなたは大学で何を学んでいるの？」小生の隣が大学生です。

「宮脇といいます」大学生が名乗りました。

小生も、名を告げました。そして、「火の用心」と叫びました。住宅街ですから、全く人通りがありません。だから自分でも思いがけないほど、遠慮のない声が出ました。

宮脇君が小生の方に寄ってきて、下宿のおばさん、大丈夫ですか？　とささやきました。

「何のこと？」と聞き返したとたんに、拍子木が鳴りました。「火の用心」と叫んだあとで、再び宮脇君が顔を寄せてきて、「僕の友だちが、夜中に襲われたんですよ」そう言って、急に振返って、背後の組長を気にしました。組長は左右の住宅を真剣な表情で観察しています。道が大きく湾曲している。曲がりながら、「襲われたって、夜這い？」宮脇君の顔を見返した時でした。小生たちの前を歩いている二人が、同時に、「火事だ」と発して急に走りだしたのです。

前方は夜の闇で、道の右手の住宅から白い煙が、洗剤の泡のように固まりになって吹きだしている。こちらは夕闇が降りてきたばかりで、ちょうど本物の闇と夕暮れの境のような一画にある住宅の、一階部分のたぶん台所の窓です。煙がきわだって白く見える。

小生たちは生け垣を飛び越して、住宅の玄関ドアを叩きました。会社員と宮脇君が裏にまわる。組長が拍子木を連打しながら、「火事だ」と叫ぶ。宮脇君が戻ってきました。「どこも閉まっている」と告げました。「窓は目張りが施されていて、開かない」と商店主に訴えました。「誰もいないようだ」会社員が戻ってきました。「一家心中か」老人が悲鳴のような声を上げました。商店主が、「火事だあ」と近所中に触れまわりました。

向かいの家から、五十代の主婦が出てきました。のんびりと、「その家の人、留守ですよ」と言う。小生は横手の換気口から吹きだす白煙を、主婦に示しました。何か言おうとするのですが、声にならないのです。興奮して、足がガクガクとふるえるのです。

「ああ、これ殺虫剤の煙です」主婦が笑いながら言う。

「なに、殺虫剤？」商店主と会社員が目を剝《む》きました。

「ええ、燻煙剤《くんえんざい》ですよ」主婦が説明する。

「なんでも書庫に虫が湧いたらしいのです。害虫駆除のため使ったようです。燻煙するから驚かないでほしい、とあらかじめ触れが回ったんです」

「それでこの家の人たちは？」小生が問いました。

「どこかに避難したはずです。家には居られませんもの」

「人騒がせな」商店主が息巻いた。「この猛烈な煙は、誰だって火事と間違えるよ」

「隙間には、もれなく目張りした、と言ってましたがね」主婦が、かばった。「換気扇の通風口は、ちょっと気がつきませんわね」

「書庫の殺虫って、紙魚《しみ》のことでしょうか？」小生が訊くと、「紙魚って何のことですか？」と逆に聞き返された。古い和紙を食う虫ですよ、と教えました。

「よくわかりませんが、古い本をたくさん持ってらっしゃるから」

「今日が初めてじゃありませんね」

向かいの主婦が慣れっこなのを見れば、燻煙剤を用いるのは、しばしばらしい。

「冗談じゃないよ、全く」商店主が頰をふくらませた。

「でもこの辺のかたは皆ご存じですよ」主婦が静かに言いました。「現にどなたも出てまいりませんし、警察や消防にも前もって届けているそうですよ」

書庫のぬしは相当の有名人らしい、と小生は判断しました。玄関には表札が掲げてありません。警察や消防に顔がきくかたなのだろう、と思いました。

かくて、パトロールの第一日が終りました。小生は「紙魚」の家の位置を、しっかりと頭の中の地図に書き込みました。


芳雅堂様。

いろんなことが次々に起こった、と最初に申しました。次々、というより、いっぺんに起こったと言う方が、正確かも知れません。

問屋《といや》グループの話は、以前にしましたよね。

テレビや新聞のクイズ出題者たちの、友好組織です。質問を考える集団だから、問屋。その一員の小生もかつてそうでしたが、皆、出題の報酬で飯を食っているのでなく、本業があって、問屋は副業です。

連中は本職がそれぞれ異なるように、出題の傾向も多様多彩です。得意の分野を持っていて、そのジャンルの知識は誰にも引けを取らない。そうでなくては、この世界では生きていけない。何でも屋では、だめなんです。幅広い知識より、片寄った知識が必要なんです。それがクイズの世界なのです。つまりは、常識人をひっかけ、足をすくって、ぶざまに転んだ姿を喜ぶ。これがクイズですから、偏屈な物知りでなくてはいけない。

添木《そえぎ》伸子《のぶこ》さんから、働く婦人のことを調べたい、ついては、この分野に詳しいかたをご存じないだろうか、と持ちかけられた時、小生は、おもに江戸時代の職業に精通している、問屋の仲間の丹野を紹介しました。

江戸のそれと、明治以降の女性の職場とは丸で違いますが、問屋の教養と調査力は、彼女に何らかの刺激を与えるだろう、研究の上での参考になる意見をもらえるかも知れない、と考えたからでした。

丹野は農機具メーカーに勤める四十代の実直な男ですが、本荘幽蘭について、問屋仲間の中では一番熱心に、明治の新聞記事に当ってくれたのでした。小生が最も信頼する先輩でした。

その丹野が小生に手紙をくれ、自分が見た限りの感想だが、妙な偶然に気がついた、というのです。それはこういうことでした。

新聞に幽蘭の言行記事が出た翌日か翌々日に、不思議に風変わりな事件が起こっている。明治四十年に限ると、正倉院の古文書が、別府温泉で老舗旅館の建て替え中に発見されたり、『家蜂《かほう》蓄養記《ちくようき》』という、蜜蜂飼育法の本が、古道具屋の船簞笥《ふなだんす》の中から出てきたとか（新聞記事によると、養蜂の文献はきわめて稀《まれ》だそうです）、書物がらみの珍事が目につく。

丹野は小生が古本屋だから、きっと興味深いに違いない、自分の目で確かめてみてほしい、と言ってよこしたのでした。

それで小生は国会図書館に通って、とりあえず明治四十年の日刊紙の幽蘭記事の前後数日を、丹念に隅から隅まで読んでいたのでした。これらの報告はお会いした折に、詳細にいたします。

小生が驚いたのは新聞記事でなく、懇意のテレビ・ディレクターからの電話でした。小生が古書市場にいた時、サキさんから連絡が入ったのです。それで小生から直接ディレクターに電話を掛けました。彼はクイズ出題者として、小生を世に出してくれた恩人です。問屋グループを紹介してくれた人でもあります。

「君、知っているか？　丹野氏が警察に捕まったこと」

知るわけがありません。

「一体、何をしたんです？」

「よくわからない。丹野氏に頼んだクイズのしめきり日に、原稿が届かないんで自宅に電話したら、奥さんが留守で、留守番の者がしどろもどろで要領を得ない。どうも、放火の容疑らしいんだな」

「えっ？　放火？」

「君の店は中野だったよね？　中野駅北口？　丹野氏はその辺をうろついていたらしい」

「まさか？　丹野さんは渋谷にお住まいですよね？」

幽蘭は『国歌大観』編集員だった

添木伸子は、対面恐怖症なのである。初めての人とは、会っても口をきけない。どうしても話しあわねばならない時は、兄の幸夫に同道してもらい、口添えを頼む。相手への警戒心が薄れれば、何とか会話ができるのである。正確には、初対面恐怖症というべきだろうか。

芳雅堂や井本東一と比較的早く慣れ親しめたのは、一つに彼らが商人で開けっ広げだったからである。東一から紹介された問屋《とんや》グループの一人、丹野と会ったのは、昭和五十六年暮れの、いわゆる数え日に入った頃で、伸子はためらった末、ようやく幸夫に打ち明けて連絡を取ってもらった。逡巡したのは丹野が警察沙汰になった、と東一に聞いたからである。すぐに誤解であったらしい、と追伸がきた。どんなことだったのか、それは丹野の方から語ってくれた。伸子が中野の住人、と告げたのが（幸夫が代弁した）、きっかけだった。

「いや、まいりましたよ。井本君の店を訪ねたんです。井本古本店。てっきり、古本の店と思い探したんですが見つからない」

丹野が苦笑した。「店じゃなく、普通の住宅じゃないですか。こちらは看板を見逃したものですから、しかも玄関は閉まったままだし。あの界隈をうろついていて放火犯と間違えられたという間抜け話です」

歳末警戒の網に引っかかったのである。

幸夫は伸子の卒論のテーマを語り、助言を求めた。丹野はあらかじめ準備していたメモを見ながら、懇切に社会進出した婦人のあらましを話してくれた上で、この研究は江戸期の職業を調べるよりも膨大で厄介だから、何か一つ、特定の職業に的を絞って探究した方がよい、と教えてくれた。何の職業を選ぶか。最も関心のあるものが飽きがこなくてよいけれど、身内か知りあいに体験者がいないだろうか。その人の聞き書きから調査研究に入ると、スムーズに進むし、まとめやすい。時代がはっきりするし、リアルなディテールを得られ、すばらしい味付けとなる。エトセトラ。

「井本君が熱心に追っているようですが、本荘幽蘭という女性などは、恰好の見本なんじゃありませんか？」

丹野の口から、はからずも幽蘭の名が出て、伸子は東一の執念の程を知った。

幸夫は幽蘭が卒論にふさわしくない人物なのだ、と答えた。

「犯罪に関係があるのですか？」丹野が反問した。

「いや、それは無いと思いますけど、よくわからないのです」

幸夫が答えると、新聞に幽蘭記事の出た前後に奇態な事件が起こっていますよ、と丹野が言った。東一に知らせたことを、兄妹にも教えた。そして東一に言わなかったことを、二人に言った。

「幽蘭、という名前ですが、おそらく雅号でしょうけど、これは何の時に用いたんでしょうね？」

「と、言いますと？」幸夫が丹野を見た。

「文字づらから見て、どうにも妖《あや》しい号ですよね。画や書に用いたとは思えない」

「何に使った号とお考えですか？」

「幽霊の幽。幽は死者の世界ですよね。あの世」

「死者？」

「蘭はね、これアララギですが、私は野蒜《のびる》のことじゃないかと思う。あるいは、行者にんにく。行者の食べ物です。野蒜は根や茎をすりつぶして、傷や打身の薬にします。どちらも、昔はアララギと称しました。死者といい、行者といい、何か霊法、心霊、仙道といった、特殊な世界、妙術神通力の領域、という気がする。幽蘭は冥界《めいかい》の号ではないかと思うのです」

「なるほど」幸夫が感じ入った。

丹野が言いにくそうに、切りだした。

「実は、われわれ問屋の仲間に、根本黒闇々《ねもとこくあんあん》という者がおります」

「黒闇々？」

「むろん、号です。まっ暗闇の号でお祭しのように、心霊学や超常現象に博識の男です。クイズの設問では、科学が得意なんですがね」

「お若いかたですか？」

「それが年齢不詳の男でして」丹野が苦笑した。「彼に聞いてみると、何かわかるかも知れません。なんなら、ご紹介しますよ」

「井本さんのお仲間ですよね？」

「それが」丹野があいまいな表情をした。「井本君はあまり好きじゃないかも知れないな。幽蘭を調べるのに、なぜか、彼には声をかけていない」

「仲が悪いのですか？」

「そんなことはないはずです。好みが合わないのでしょう。だから、根本黒闇々氏のことは、彼には内緒にして下さい」

「私たちがそのかたにこっそりお会いすると、井本さんがこまることとありますか?」

「それはないでしょう。二人は反目しているわけじゃありません。興味の対象が異なるので、無関心なだけだと思います」

「根本氏は、いわゆる変り者ですか?」

「全然。当り前の人間です。会ってごらんなさい。勉強になりますよ。世の中はこんなにも深遠なのかって、蒙《もう》を啓《ひら》かれます」

「是非、面晤《めんご》ナサイ。オ勧メシマスヨ」

えっ、と伸子と幸夫は、驚いて振り返った。

背後で、だみ声の男が、いきなり口を添えたからだ。誰も、いない。喫茶店の中である。

丹野が笑いだした。

「私の、腹話術ですよ」

失礼シマシタ、とだみ声が続いた。丹野が唇を閉じたまま笑っている。

「私、若い時は農機具のセールスで、全国を回っていました。売り込みには人と違う技《わざ》が必要なんです。印象づけるために、ね。それでこんな芸当を習い覚えました」

「うまいものですね」幸夫は、お世辞でなく、称《たた》えた。

丹野と別れたあと、兄妹は近くの駅に歩きながら、こんな会話を交わした。

「あなたの卒論だけど、どうだろう?　お母さんの来《こ》し方《かた》を書いてみたら?」と幸夫。

「私も、そう考えた」

「丹野さん、すばらしいヒントをくれたよ。お母さんこそ立派な職業婦人じゃないか。古本屋さんから、本荘幽蘭が映画や舞台の女優をしていたと聞いた時、お母さんの顔を思い浮かべた」

「女優と、職業婦人という言葉が、すぐに結びつかなかったの。職を持つ婦人って、固い仕事のイメージだったから」

「女優だってキャリア・ウーマンさ。あなたの卒論、読みたいな。まっ先に、読ませてくれないかな」

「書いてみる」

結局、こういう形で母の生涯を書いてみたかったのだろう、と伸子は思う。前々から書きたかったのだが、きっかけがなかった。どん、と力強く背中を押してくれる動機がほしかった。卒論のテーマに働く婦人を選んだのも、母のことが頭にあったからだった。

そして母の生きてきた道筋を、文章にまとめたかったのは、兄の幸夫に読んでほしかったからだと思う。兄は伸子の母のことを、何一つ知らない。

十カ月ほど前に、二人は、初めて兄妹を名乗りあった間柄なのである。いわゆる異母きょうだいであった。

父は浅草の老舗料亭の長男で、伸子が三歳の時に病死した。父親の記憶は、ほとんど無い。伸子は正式の結婚によって生まれた子ではない。認知はされたが、父の死後、父方と絶縁させられた。母の知らない間に、母の女親が、まとまった金と引き換えに除籍の一札を入れてしまったのである。養女の母は、貧しい親の生活を見るにつけ、強く主張できなかった。もともと料亭の若主人を母にとりもったのは、湯島の芸者であった女親だったからである。

添木幸夫が、中野の伸子宅に現れたのは、全く出し抜けのことだった。

「ずっと探していたんです。二年前にお袋が亡くなって、お袋の遺品から父の手帳が出てきたんです。伸子さんの写真が挟まっていて。それで初めて私に妹があることを知りました。誰も教えてくれなかったんです」

伸子の母の依子《よりこ》が、「申しわけありません」といきなり畳に手をついて泣きだした。

「なんとおわびをしたらよいか」

「おわびだなんて」幸夫は当惑していた。

以来、ひんぴんと訪れてくる。幸夫は会社のPR誌専門の編集プロダクションに勤めていた。自分の受け持ついくつかのPR誌を、注文通り確実にこなせば、会社から文句を言われない。「いつでも休めて、自由業と変りがないですよ」と屈託なく笑う。もっとも今は伯父の経営する実家の料亭からプロダクションに、PR費の名目で運営資金が回っているらしい。料亭は見返りに、会社のお偉方を客に紹介してもらっているわけだ。幸夫はていよく利用されているのだが、「持ちつ持たれつ、ですよ」と気にしていない。

「それより、伸子さん家《ち》の家計に、僕は責任を覚えるんです」

「そんなこと」依子は手を横に振った。「すんだことですよ。円満に解決したのですから」

「医療費の問題が残っているのではありませんか?」

「えっ」と依子が、娘の顔に目をやった。

「伸子から聞いたのですね?」

「悪かったかも知れないけど、僕は兄ですから、兄として心配しているんです」

昨年、依子は胃を三分の一、切除手術した。現在は一日に何度かに分けて、食事をとっている。体力が落ちてしまい、寝たり起きたりの日常を送っている。手術費や入院費は、依子が計理係をしていた築地の、遠洋航海に出る船に備品や食料品を調達し納入する会社の社長に借りた。依子は寡婦になった時、伸子を実母に預け、簿記の学校に通った。必死に勉強して、複式簿記の資格を取った。

これからの世の中は計数に明るくないと、人に遅れをとる。子どもの時から芸能界の端っこで、華やかだが渋くて残酷な人生の断面を、種々見てきた依子の、これは実感であった。数学は決して得意ではなかったが、それだから真剣にがんばったのである。やがて紙面の数字が、人間の形となって、ダンスを楽しんでいるように見えてきた。面白いように数の結びつきが理解できるようになった。

幸夫と伸子が連れだって、古書店や図書館に出かけるようになると、依子が気を回し始めた。

「あなたたちは兄妹なんですからね。忘れちゃだめよ」

「何を馬鹿なことを言うのよ」伸子は一笑に付した。

「だって、戸籍が違うから、幸夫さんはともかく、あなたが錯覚しないとも限らない。あたしがいくら兄妹だと言っても、あなたがそう思わなかったら、妙なことになるじゃないの」

「お母さんたら！」

伸子が、顔をまっ赤にした。

「いやなことを考えるのね」

「母親ですからね。そうそう。あなたの卒論ね、あたしのことでなく、お母さんのお師匠さんを書いたらどうかしら？」

「栗島《くりしま》すみ子さん？」

「お師匠さんこそ働く婦人の代表じゃないかしら。日本映画のスタア第一号。銀幕の女王といわれて、ブロマイドの売上げ日本一を記録したし、水木流家元として今も舞台で踊っていらっしゃる。幼時の頃からずっと第一線の人よ」

依子が押入れから古くさい柳行李《やなぎごうり》を持ちだした。衣類入れに使っていたものだが、いつの間にか依子の青春時代の「宝箱」に変っている。舞踊や芝居、映画の台本、プログラム、チラシ、ポスターなどが、ぎっしりと詰められてある。全部、依子が関《かか》わったものの記念の品々である。

依子は上からていねいに一つ一つ取りだして、伸子の前に並べた。

「ちょっと待って。説明してもらわないと、私にはわからない。第一、こんな昔の字は読めない」

「これはね、御目見得《おめみえ》ご挨拶、と読むのよ。栗島先生が『栗島すみ子一座』を立ち上げた昭和十二年一月の、初公演での挨拶台本」

「へえ。これ、先生の自筆？」

「先生のお父さまの字。お父さまは一座の頭取。そして役者で座付作者だった。栗島狭衣《さごろも》先生とおっしゃって、詩人であり、小説家であり、朝日新聞の相撲記者でもあった。狭衣先生のお父さまが、大関の綾瀬川《あやせがわ》だったの」

「読んで」

「新年おめでとうございます。いずれも様にはご機嫌うるわしく、かく賑々《にぎにぎ》しくご来場たまわりました事は……」

「いずれも様？」

「皆々様のこと。ほら、ここを見て。お母さんよ」

次に控えおりますは、小栗《おぐり》さよ子と申しまして、私の門弟でして……

「先生が、あなたからちょっとお客様にご挨拶なさいとおっしゃられて、お母さんが口上を述べるのよ。ただいまお引き合わせに与《あずか》りました小栗さよ子でございます。皆様のお力にすがりまして、栗島先生同様、名のある俳優となれますよう（見る）これはね客席を見回すこと。門弟（全員が顔をあげる）一同を代表して、お願い申し上げる次第に……」

「門弟代表だったんだ」

「この時はね。古いお弟子さんには、加山雄三の母の小桜葉子《こざくらようこ》さん、女優の田中絹代さんや飯田《いいだ》蝶子《ちょうこ》さんがいらっしゃる」

「これ全部、狭衣さんの作った台本？」

「そう。脚色台本もあるけどね」

『維新史話　赤羽橋の暗殺』『怪猫奇説　庚申山《こうしんやま》の猫』『童話舞踊劇　羊の天下』『長唄　撃ちて止《や》まん』……

「すごい」

「捕物帖まで書いた才人ですもの。國學院大学の同級生で、和歌全集辞典を作った人と親友で、二人で詩歌集を発行している」

「和歌全集辞典？」

「日本で詠まれた歌を全部集めた本。なんでも歌い出しで引くと、その歌が何という本に入っているか、たちどころにわかる辞典ですって」

「誰が使うの？」

「狭衣先生も持ってらしたよ。楽屋に置いていた。大きくて、こんな厚い本。細かい活字でびっしり組まれていた。お芝居を書いていて行き詰まった時など、開いていた。いいアイデアが得られるんですって」

「私の卒論にも使えないかしら」

「書名は確か四文字だった。何だったかなあ。和歌大典……大という字があったと思う。そうそう、大で思いだした。著者は、松下大三郎《まつしただいざぶろう》といったっけ。狭衣先生の親友の名前。講談に出てくるような名だなあ、と思ったもの」

あとで芳雅堂書店主に電話で問い合わせたら、即座にその本は『国歌大観』だと教えてくれた。べらぼうに古書価の高い本で、古本屋で知らない者はいない、と言った。

「狭衣さんて、いつ頃の人なの？」と伸子は母に訊いた。

「終戦の年に六十九歳で亡くなったから、明治九年生まれかしら。きっすいの江戸っ子よ」

さすがに数字には強い。

「職業婦人の誕生には、両親の人生が深く関わるから、栗島先生をモデルにすると、狭衣さんを調べなくちゃだめね。交友関係も調査しなくちゃ。忙しくなるなあ」

伸子は翌日、区立図書館に出かけた。新井薬師に近い伸子の家から、自転車で中野駅の南口に出るのだが、別に急ぐ用事ではなかったので、遠回りして井本古本店に立ち寄ることにした。玄関先に自転車を止めたが、どうも井本は留守のようだった。しかし声だけはかけた方がいいような気がした。一方で、この家のおばさんは苦手だな、という思いがあった。あったが、その苦手を味わってみたいという欲も出てきた。伸子にしては考えられぬ衝動である。

引戸を開けると鈴が鳴った。いつもはけたたましく聞こえるのだが、今日の伸子はさほどに感じなかった。サキが出てきた。

「おや。今日はお一人？　恋人はご一緒じゃない？」

さよなら、と挨拶して伸子は辞去した。ほんの数秒の面会である。自転車を走らせながら満足だった。サキの皮肉が聞けたからである。ちかごろ伸子は、目に見えて変ってきた。

図書館で、『国歌大観』を探したけれど無かった。次に、『新潮日本人名辞典』を手に取った。栗島狭衣を探したが、載っていない。栗島すみ子は出ていた。

六歳でおとぎ劇の舞台を踏み、十歳で活動写真に出演。大正十年に松竹蒲田撮影所に入社し、同年『虞美人草』でデビューとあった。舞踊家としても著名で、栗島派水木流を興し、水木紅仙《こうせん》を名乗る、と。父親の記述は無い。

松下大三郎を検索したが、出ていなかった。『国歌大観』の仕事って、大したことではないのか。辞書の棚に、『明治世相編年辞典』というぶ厚い本があった。朝倉治彦と稲村徹元の編纂で、東京堂出版の辞典である。

索引で国歌大観を引いたら、ある。指示のページをめくった。

明治三十四年十二月、松下大三郎、渡辺文雄編纂の『国歌大観』大日本図書株式会社より分冊刊行を始める、とある。編集作業の手順が、『松下大三郎博士伝』によって短く記述されている。最後の行に至って、伸子は思わず、アッと叫んだ。場所柄に気づいて、あわてて口をおおった。こう記されていた。

「新聞広告で女子編集員を募って五六人で行なった。そのなかには本庄幽蘭などもいた」

仙人の食べ物は松の皮、松の葉

添木伸子に、松下大三郎の伝記がほしい、と頼まれた時、私はすぐに見つかりますよ、と軽く受けあった。『国歌大観』を編纂したほどの国語学者だから、国文学専門の古書店に当れば、ただちに入手できるだろう。まずは、神田神保町の老舗《しにせ》に問いあわせてみよう。

ところが、神田や本郷や早稲田の古書店は、軒並み聞いた、と伸子が言う。兄の幸夫と手分けして、電話で照会したらしい。

「そんな本はあったかな?」という返事が多かった、と伸子が笑う。私は引っ込みがつかなくなった。若い女性には、いい恰好を見せたい。トンちゃんを笑えない。

「なあに、日本全国のどこかには、きっとありますよ。地方の古書店を探してみます」

「どうやって、探すんですか?」

あんなに人見知りの激しかった伸子が、近頃は気安く言葉を交わすようになった。

「芳雅機関を動かします」

「芳雅機関って、何ですか?」

「つまり、その」説明しようとして、やめた。学生の伸子には、むずかしい洒落《しやれ》だろう。

「特別の情報網ですよ」とだけ教えた。

もったいぶった名称が、ジョークである。

古本屋を開いてまもなく、店売りの低調を補うべく、通信販売に力を入れた。在庫品目録を手書きで仕立てた。百部ほどコピーをし、地方の愛書家に送って注文を取った。印刷代のかからぬ手作りだから、たとえば五十円の雑誌、百円の単行本でも扱える。むしろ、高額の品はうさんくさく思われるので、安い本だけを並べた。古書目録は昔から珍本稀本の高価本が売りである。一般の客向けというより、図書館や大学など公金で購入する研究者が相手なのだ。しかし大方の古本好きは、安い本の山から掘り出し物を見つけることが楽しみなのである。私の粗末な手作り目録は、その可能性を思わせて、意外なほどの支持を得た。

店番の傍ら簡単に作れて、結構売れるので、私の真似をする業者が続々と出た。私と同年代の、わずかな日銭を稼ぐ店主たちで、共通しているのは儲けより「面白がる」性質が突出していることと。

その頃、一世を風靡した趣味の季刊誌があった。主宰者が古書と陶磁器の収集で鳴らしたかたで、毎号、古書業界の動向を、少なからぬページを割いて報じていた。ある号で、手書き古書目録の流行が、特集で組まれた。私は呼ばれて誌上座談会に参加した。出席者は、地方の古書店主が三人と、客が二人の、計五人である。座談会の内容は格別のこともないが、終ったあと同業三人とすっかり息が合った。赤提灯で打上げをした際、折角だから四人で会を結成しようと気勢が上がった。

その場で、会名が決定した。「瓜《うり》の会」というのである。何がきっかけだったか、メロンの話題から、子どもの時分に食べた真桑《まくわ》瓜の思い出に興じた。同じ世代だから、皆、覚えがある。皮が黄色いのは、金真桑で、白いのが銀真桑、金の方が味がよかった、いや白い方が美味だった、川に泳ぎに行く時、畑から盗んで友だちと代わり番に持つんだが、パンツ一丁の姿だろう、人と会うとまずいんだ、隠すところがない。仕方なくパンツに押し込んでね、そうしたら向うから来たおっちゃんがニヤニヤしつつ、坊やの睾丸は重そうだな、落すなよ、と冷やかす。真桑瓜って子どもの目には大きかったからなあ。いつの間に、消えたんだろう？　最近は見たことないね。

そうだ、瓜の会はどう？　うりは売りで、音《おん》だと西瓜《すいか》のカ。カは買うに通じる。お互いに、品物を融通しあおうよ。また、客に頼まれた本のありかや、特殊な品の捌《さば》き先を教えあったりしよう。一人の力は知れたものだけど、四人集まれば大した威力になる。いや、四人といわず、共鳴者は無条件で受け入れよう。会員が多ければ多いほどいい。一応、会長を置こう。会長は何かと便利のいい東京に在住の芳雅堂主人が、打ってつけだ。

というわけで、今や瓜の会の会員は、全国に二十二人、発足時の手書き目録発行人の資格を離れ、古書の販売人なら誰でも入れる。規約は一切無し。いずれも零細な古書店経営者で、大所《おおどころ》は皆無、人がよくて貧しく、他人が喜ぶことなら骨身を惜しまず働くのが、共通の、まあこれが資格か。

本探しは皆、熱心である。急がなければ、大抵、見つけてくれる。要するに、それだけ商売は閑《ひま》ということだ。本荘幽蘭の関係資料も、むろん触れを回してある。こちらは具体的な書名を告げずに探しているため、はかばかしい成果は無い。

『松下大三郎博士伝』は、浜松市の瓜の会会員が見つけてくれた。早速送ってくれたが、意外だったのは、たった百三十四ページの、質素な書物なのである。正式の書名は、『国語学者松下大三郎博士伝』で、著者は塩沢重義。私は菊判のずっしりとした本を想定していたのである。

昭和三十六年十二月二十日発行、版元は、静岡県磐田市の美哉堂書店である。松下大三郎も著者も静岡県の出身だった。道理で県下で見つかったわけだ。この本は郷土の人士が、喜んで購入したのだろう。大きな活字で、一ページに三百八十四字組みで、余白が多い。

三十分後に訪問するという客の電話が今しがたあったのだが、その待ち時間に、私はまるまる読んでしまった。注文者の仲子に悪いので、読んだことは伏せねばならぬ。

何より知りたい『国歌大観』編纂の状況から読んだ。幽蘭の活動ぶりである。ところが、肝腎要《かなめ》の幽蘭の名が見当らない。第一、『国歌大観』の記述は、たった三ページしか無い。編纂の様子は、五行きり、字数にして百五十字のみ。あまりにも、そっけない。

仲子は確かにこの本に、幽蘭が編集員を務めたむね書かれている、と言った。確認したいから注文したのであって、嘘ではあるまい。すると、松下大三郎には、別に同名の然るべき伝記があるのだろうか。冷静に考えてみると、この本はチャチすぎる。仰々しいタイトルの割りには、淡泊すぎる内容である。仲子が何やらの辞典で見たという書名には、国語学者の冠が無かったはずだ。やはり、これは探している本と異なるのではあるまいか。黙って仲子に売り渡してよいものか。

『国歌大観』は、松下大三郎と渡辺文雄が共編で、明治三十四年から六年にかけて、歌集と索引の二巻を分本七冊として刊行した。わが国の主要な歌集、それに古事記など歴史書の中の歌、土佐日記など日記類にある歌、そして物語に見える歌など、歌集や史書ごとに通し番号を打った。これが歌集篇である。収録歌数は、およそ五万首。

索引篇は、調べようと思う歌が、何という本の何番目にあるか、ただちに見つけられる仕組みである。初句、あるいは結句だけでなく、一首のどの部分かが記憶にあれば、検索は容易である。

たとえば、天智天皇の御製、「秋の田のかりほの庵《いほ》の苫《とま》をあらみ我が衣手《ころもて》は露にぬれつつ」は、「あきのたの」で引いても、「かりほのいほの」で探しても、「とまをあらみ」でも、「わがころもては」でも、「つゆにぬれつつ」でも、それは『後撰集』の三〇二番と示される。歌集篇の『後撰集』を開けばよいわけだ。

ただし、それぞれの句は、短詩文芸特有の類句が多く、「秋の田の」で始まる歌は、四十一首もある。「秋風に」などは、実に二百六首もあり、「秋風の」と一字違ったものは、百二十九首ある。配列は五十音順である。『国歌大観』の偉業は、この索引にあるわけだ。収めた句数は、およそ二十万句という。

編纂作業は、どのように行われたか。

『松下大三郎博士伝』によれば、編纂のきっかけは、松下と國學院で同期だった渡辺文雄が、和歌索引書の『古今類句』を翻刻しよう、と古本屋を回ったが見つからない。この本は江戸初期に出たものである。松下にこぼすと、自分たちの手で作った方が早いよ、と言う。一首ずつ紙片に仮名で記し、それを、五七五七七の句ごと切り離す。松下がこともなげに、あとは五十音順に並べればできあがりだ、と笑い、どうだ、二人で作ってみないか、と誘った。

かくて、「編輯は紙片に書いた和歌を一句づつ切り離して分類したのであるが、仮名書ゆえ何《なん》人《びと》にでもと（仮名さえ読めれば誰でもできるの意）家政婦五、六人を雇ってその作業を手伝はせたが、『たまくしげ』が『たまてばこ』になる等して訂正に困惑した」

この「家政婦五、六人」に、幽蘭が入るのではあるまいか。「正式」の松下大三郎伝に、詳細に記述されているのではないか。さまざまの苦心談が語られていい。「たまくしげ」の誤読だけでは、寂しい。もっとも本書には、もう一つ、こんなエピソードが添えてある。

切り離した「紙片はよく風に舞ひ散つたが、続篇の頃にはゴム輪が出来て便利だつたといふ」

続篇は、柿本《かきのもと》集、猿丸太夫集など三十六歌仙家集や、山家集などの六歌集、六十四の諸家集、歌合の歌、計四万一千首を収録し、大正十四－十五年に刊行した。正続篇とも、大日本図書株式会社が版元である。

約束した客が、約束通りの時間に現れた。

七十代前半と思われる男性で、この寒空に丸首シャツ一枚に、薄手の夏ジャンパーをひっかけただけ、しかも右手を腕まくりしている。私は用意しておいた写真を、箱ごと客に差しだした。トンちゃんから預かっている、地理学者の遺品である。戦前の町並、繁華街、商店や公共の建物、ユニークな形の民家や別荘、旅館などの生写真で、裏に崩し字で撮影場所と日付がメモされている。

松本克平氏に見せたら、自分には無用だが、舞台装置を手がけている者が興味を示すかも知れない。話をしてあげるよ、と言った。

腕まくりの客は松本氏の紹介者と思っていたら、違う。鹿児島の瓜の会会員から連絡を受けた、と言う。鹿児島の人でなく、横浜の映画プロダクション経営者Kの名刺を出した。瓜の会の面々には、この生写真一括入手の触れを回している。適当な客がいたら売り込んでほしい、と頼んでいる。めでたく商談が成立したなら、売価の二割を手数料に払う決まりである。ちなみに、トンちゃんはまだ会員ではない。勧めたのだが、今はバタバタしており、商売の目処《めど》がついたら加えてもらう、と保留中だった。

生写真は昭和七、八年から十四、五年にかけて写したものである。K氏は戦時中の写真を想定していたらしい。

「そう言っては何だが、この時代の建造物や、町の様子の写真はたくさんあって、珍しくない。

戦時体制下の工場や商店街、路地、防空壕などの設備を写したものがあるか、と期待していたんだがね」

「申しわけありません」

「選んでよければ、十枚ばかり頒《わ》けてほしいが」

「構いません。どうぞ」

「映画のセット造りの参考にね」

K氏は古い写真の収集家らしい。写真の値段は客の方がプロである。K氏の買い値に従った。こちらが考えていたより、高い。トンちゃんも納得するだろう。

「他には、無いの？」

「私が趣味で取りのけておいたものですが」

三枚の生写真を見せた。

雑木林の中に、田舎の小学校に似た平屋造りの建物。トタン葺《ぶ》きの全景。その家の玄関の大写し。もう一枚は濡れ縁から写した和室で、八畳間だろうか、奥の壁一面が書棚で、黒ずんだ研究書らしき重厚な書物が、隙間なく詰められてある。おびただしい量である。

一体、何の本だろうか。そして戸主は何者だろう？　調べてみようと思い、この写真のみ別にしておいたのである。三枚一セットで、これだけが越中売薬の紙袋に収められていた。旧蔵者の地理学者に、何か格別の思惑《おもわく》があったのではないか。それは書棚にあるのではないか。建物の外観だけ撮った中に、たった一枚、家の内側の写真である。座敷はありきたりの佇《たたず》まいだから、明らかに蔵書の景を狙ったのだ。

この三枚だけは写真の裏に、メモが無い。紙袋に鉛筆の走り書きがある。

「昭和九年十二月六日　雨並畦山荘」

「これ、何と読むのでしょうか？　山荘の名のようですが」

Ｋ氏に示した。Ｋ氏が袋を天井の蛍光灯にかざした。

「あわてて記したような、ひどい文字だね。本屋さん、拡大鏡は無い？」

「あります」と渡した。古本屋には必備の品である。大小、用意してある。大の方を差し出した。

Ｋ氏はためつすがめつ、眺めている。

「ああ、これ」急に笑いだした。

「本屋さん、これ、雨並畦じゃないよ。霊だ。雨と並が離れすぎているけど、霊の字だよ」

「霊？」

「その下は何だろ？　畦と読めるけど、霊畦という言葉はあるかなあ。もっとも号なんて適当につけるからなあ」

「幽蘭という号の人もおります」

「好きな文字を選ぶんだよ。意味は考えない。知人で幽門という号の者がいる。川柳を作っているんだ。お医者さんでね、これは洒落。胃の末端に幽門という部分があるんだ。幽や霊や魔など、おどろおどろしい文字を好む者は多い。やはり川柳趣味の男だけど、お色気川柳の方でね、号が魔開。上の字がマラ、下の字が女性だ。大体、幽という字は女性器を意味するよ」

「幽蘭は女性です」

「だろう？　探幽といって性的なしぐさだ。幽蘭は蘭の香りだよと誇っているんだろうね」

「なるほど」

例の錦蘭帳である。幽蘭の「男性評価」帳。錦蘭の蘭は、性的な意味あいがあるのか。錦は男で、蘭が自分のことなのか。トンちゃんが言うように、錦蘭帳なるものの行方を突きとめるのが先決かも知れない。肌身離さず持っていたということは、この帳面を開けば、本荘幽蘭の正体は明らかになるに違いない。

「狩野探幽という画家がいたよね？　彼は承知の上で号にしたのかな」K氏が笑った。ヒヒヒ、とパラフィン紙をふるわせるような笑い声である。

「文字は恐いよ。表と裏の意味を持つからね。中原中也という詩人の名は、森鷗外が名づけてくれたと本人が言っているけど、実際は違う陸軍軍医総監らしいが、中の字は女陰の意があると嫌っていたそうだ。ある人が凄くきれいな号をつけて、中国の人に得々と披露したら吹きだされたという話がある。中也の口さ」

K氏は話好きなのだろう。次々と話題を展開した。

「探鳥という言葉があるよね。バード・ウォッチング。最近はもっぱらそう言うけど、昔は探鳥だった」

「やはり性的な語なんですか？」

「違う違う。これ、野鳥研究家の中西悟堂《ごどう》の造語だ。悟堂は野鳥の観察で山に入ると、入りっぱなし、二十日も三十日も里に下りない。松の葉を食べて生きているんだ。年中、裸で平気な人だったからね。昭和十二年の夏、悟堂先生をモデルに映画を作ることになった。町には千人針だの旗行列があふれた年で、日本は戦時体制だ。そんな時局へのひそかな抵抗で、何ものにもとらわれない、自由気ままな深山の仙人を描こうとした。悟堂は鳥と会話ができる詩人で歌人でもあったからね」

「どのようなストーリーなんですか？」

「仙人が裸で山から下りてくると、俗界は大騒ぎ。神にまつられてしまう。当局があわてて仙人を普通の人間扱いにする。大本教や天理教、ひとのみち教団などが弾圧された時代でね。ラストシーンは、仙人が呼び寄せたあらゆる種類の鳥が、悪人たちを襲う」

「ヒッチコックの『鳥』ですね」

「それでシナリオを作るために、悟堂先生に面会を申し入れた。ところが先生、山に入ったきり、雲を霞、消息を絶っている。弱ってしまってね」

「どうしました？」

「仕方ない、悟堂先生に代わる同じような超人はいないか、と探した」

「仙人のような生活をしている人ですか？」

「そう。修験者《しゆげんじや》とか」

「多いんですか、そのような人は」

「わりあいにいるんだね、そもそも仙人を主人公とする映画の企画が生まれたのも、当時の雑誌で仙人たちの生活や意見を読んだからなんだ。彼らの座談会をね」

「へえ。面白いですね。何という雑誌ですか」

「文藝春秋じゃなかったかな」

「えっ。そんなメジャーの雑誌に載っていたんですか、仙人の話が？」

「民俗学者の柳田国男が司会でね」

「それじゃまじめな座談会なんですね」

「でも天狗だの、不老長寿だの、霊視だの、霊嗅《きゆう》だの、そんな話ばかり。どこまで信じてよいかわからない。たった一つ、参加者に共通していた不老長寿の食べ物が、松なんだ。松の皮、葉、根っこ、松の実」

「悟堂の食べ物ですね」

「主人公のモデルが捕まらないのだから仕方ない、文藝春秋社に電話をして、座談会出席者のアドレスを訊いた。その一人を訪ねた」

「アドレスがあるということは、普通の生活をしているわけですね？」

「山の中に道場を設けていた。そう、この写真の建物に似た道場。断食道場だったけど」

「何という仙人ですか？」

Ｋ氏が首をひねった。

「松下といったかな」

「えっ。松下？　松下曲水ですか？」

大三郎の号を、曲水というのである。

秘書といわれる性典で

噂というものは丸きり根も葉もないものでなく、目に立たぬ程の根や葉はある。それらは真実を衝《つ》いていることが多い。

浅草の待乳山聖天《まつちやましょうでん》そばの老舗《しにせ》料亭「さゞれ」の、今年（昭和五十七年）の門松は例年より小振《こぶ》りだ、商売が思わしくないのでは？　と近所隣でささやかれたが、そんなことはない。気のせいである。昨秋から遣手《やりて》でにぎやか好きの女将《おかみ》が入院したため、玄関横の盛り塩がやや小さくなった。女将に代わって小心者の仲居《なかい》が山を作るせいである。塩の山が小さい分、傍らの門松が小さく見えるのである。目の錯覚だが、「さゞれ」の景気がよろしくないのは、これは事実だった。

添木幸夫はうすうす感じていたのだが、年賀に訪れた際、主人の伯父からはっきりと聞いた。若い甥《おい》に相談を持ちかけるのは、よくよくのことだろう。幸夫は考えてみる、と一応受け合った。

「さゞれ」は幕末に京都出身の人が開業した。元禄の頃、京で極上の酒と謳《うた》われた「さゞれ石」に因む屋号である。吹けば飛ぶような小体《こてい》の店だが、いずれは「巌《いわお》」となる、という気概も込めている。京風の味が上流の人士に好まれて、店は次第に屋台骨を太らせた。

「さゞれ」は代々、婿を迎えて続いてきた。幸夫の父も婿養子である。父が亡くなると、母は父の兄夫婦を「さゞれ」の後継者にした。伯母は、母の妹に当る。伯父夫婦は「さゞれ」の支店を経営していたが、そちらを畳み、本店に移ってきたのである。母が権利を妹名義にし、実際上、譲り渡した。「さゞれ」の雲行が怪しくなったのは、伯母の長期入院のせいもあるが、盛り場としての浅草の衰退や、今どき料亭という特殊な営業形式、それに時勢の変化など、もろもろの理由がある。

そこにもってきて、二月八日、赤坂の「ホテルニュージャパン」の火災と、翌日の日航機の羽田沖墜落事故の二つが、「さゞれ」を直撃した。実は双方共に「さゞれ」のお得意先が犠牲者に含まれていた。特に後者の福岡発、午前七時二十五分東京行の三五〇便には、当日の夜、「さゞれ」を貸し切って開かれる宴会の正客が乗っていた。東京に来るたび、「さゞれ」を利用してくれ、多くの商社を紹介してくれた、長年の顧客である。

この大きな二つの事故後、「さゞれ」には目に見えて隙間風が立ち始めた。水商売につきものの、縁起かつぎである。「さゞれ」の酒は縁起が悪い、とささやかれるようになった。

幸夫は伯父に何度も呼び出された。金策、である。あせりだした伯父は、意外な話を切りだした。

「お前の母さんから預かった品があるんだ。店が万が一の事態におちいったら、これを売って金にしろ、と言われた」

「書画骨董ですか?」

「のような物だ。だけど、大っぴらに売ってはいけない、と釘を刺された」

「何です?　春画ですか」

「違う。絵でなく、文字の巻物」

「内容は何です?」

「おれにはわからない。学者が珍重する物らしい」

「よほどの値打ち物なんですか？」

「さあ、どうだろう？　まあ、一度見てみるか？　今度取りだしておく。相当に売れそうなら、秘密で買いぬしを見つけたいんだ。お前に頼みたいのは、バイヤー探しだ。すべて内密に運びたいんだ」

その時、幸夫の頭に浮かんだのは、いつぞや仲子《のぶこ》から聞いた「芳雅機関」なる組織だった。伯父は大それた品物のように考えているようだが、得てして秘密にするような書画骨董は、案外な安物かニセ物が多い。どうせ、飲食代のカタに取ったしろものに違いない。大まじめに取り組むと、とんだ馬鹿を見るかも知れない。ここは一つ、お遊びのつもりで、話に乗った方が賢明だろう。死んだ母が、目を剝《む》くようなお宝を所持していたなんて、信じられぬ。本物のお宝なら、店が繁盛している時に、話題になっているはずだ。金に窮するようになって、思い出したように登場する宝なんて、それこそ溺《おぼ》れる者のワラだろう。

幸夫は芳雅堂という古書店主人の話をした。

「その人は目利きか？」

「保証はできませんが、相談に乗ってくれるご仁です。いいバイヤーを見つけてくれると思います」

「おれの心配は、売買が世間にもれることだ。店が左前になったという評判が立ったら、一巻の終りだ」

「どうでしょう？　秘密を保つためにも、品物を動かさない方がよろしいと思うのです。芳雅堂主人と仲間に、ここに来てもらい、現物を見てもらう。むろん、伯父さんの持ち物とは言いません。ある人からの預かり物と話します」

「この店にかい？」

「私のアパートで下見させたら、品物が安っぽく見えます。古い物には、箔《はく》を付けるのが大事なんです」

「お前も隅に置けないな」

「伯父さんの甥ですからね」

「よう言うよ。よし、これも経費の内だ。伯父さんがご馳走しよう」

「おんぶに抱っこで恐縮ですが、私の女友だちも加えさせてくれませんか？」

「ガールフレンド？　便乗ということか？」

「カムフラージュですよ」

「売買のか？」

「世間の目はうるさいですからね。甥の友人たちの集まり、という名目にしたらどうか、と思いまして、それには女が加わっていないと妙ですから」

「男だけが集まると、確かに人目を引く」

「でしょう？　人数は私を入れて五人。伯父さん、まあ手数料代わりに、せいぜいご馳走して下さい。成功報酬と考えたら安いものですよ」

「成功と決まったわけじゃない」

「成功が見込まれる投資、と捉えて下さい」

「死んだ親父に似て、口は達者だの」

伯父が苦笑した。

幸夫は芳雅堂主人に案内状を出した。

「宝くじに当ったので奢《おご》ります」とこれは洒落である。

「幽蘭の新事実がわかったので、お酒を飲みながらお話しします」と書いた。そのため、井本東一も誘ってほしい、と続けた。

幸夫には、ある魂胆があった。これを遂行するには、どうしても芳雅堂夫人に参加してもらわなくてはならない。そこで、「私のフィアンセを紹介します」と記し、「フィアンセが恥ずかしがりますので、是非、奥様もご出席下さいますようお願い申し上げます」と強調した。

たぶん芳雅堂主人は、これが幸夫の招待理由なのだと察するに違いない。照れくさいので、宝くじがどうの、幽蘭がこうの、と述べているのだ、それならどうしても妻を同道せねばなるまい、と決めてくれるだろう。「さゞれ」が高級料亭とは、わざと明かさなかった。

「小料理屋」だと注した。

芳雅堂主人からは、ただちに返事が来た。妻と東一と三人で「さゞれ」にお伺いする。妻が大層喜んでおります、私ども夫婦が外出するのは、実に久しぶりで、何を着て行ったらよいか、またお祝いは如何《いかが》したものか、とはしゃぎつつ悩んでおります、とあった。

幸夫は、お祝いは言葉だけにして下さい、また手みやげはご無用に願います、と返事した。

一方、「フィアンセ」には、どうせわかることだから、と魂胆のすべてを打ちあけた。

「フィアンセ」なる者は、伸子である。

「さゞれ」が亡父の実家と聞いて、伸子は最初は行くのをためらった。

「伯父にはあなたが私の妹だと紹介しないよ」

幸夫が言った。

「ガールフレンドで通す。そのうち機会をみて、明かす。今は伯母が入院中だし、伯父は店のやりくりで頭がいっぱいだから、内緒にしておいた方がいい」

「でも私、知らんぷりして会えない。そんな器用な芝居はできない。本当のことを告げた時、伯父さんたちがどんな思いをなさるか、私だって合わせる顔が無い」

「それはわかるけど、今の伯父の心境だと、ここで私の妹が現れたら、金銭の心配に結びつくんじゃないか、と考えてしまうんだ。慰藉料とか何とか請求されるのではないか、と勘繰ってさ。私としては単純な動機なんだ。伸子に父の家を見てもらいたい。そのためには願ってもない折だと思ったんだ」

伸子は考え込んでいる。

添木幸夫と伸子は異母兄妹であり、親の都合で戸籍を別にしている。従って二人は姓が異なるのだが、本稿ではややこしいので便宜上、添木に統一している。読者はそのつもりで読んでいただきたい。

「料亭はどちらかというと女主人である伯母が店を牛耳っている。働く婦人の一人と考えてもいい。伸子の研究対象になり得る。卒論の参考に『さゞれ』を見学に行くんだと思えばいい」

幸夫は芳雅堂主人の手紙を示した。

「あなたが参加してくれないと、芳雅さんの奥さんが失望しちゃうよ。楽しみにしてくれているのに、悪いよ」

「奥さんと会いたいから行く」

「ありがたい。一つだけ約束。『さゞれ』があなたの実家だとは、当分、誰にも言わないでおこう。むろん、あなたのお母さんにも、私と行ったことは内緒にする。いいね？」

「だけど母には何と言おう」

「友だちと会う約束、で押し通すさ。お母さんが妙に気を回すからね」

すでに気を回しているのを、幸夫は感付いている。知らぬ振りをしている。


二月の末、幸夫は集合時間より一時間ほど早く、「さゞれ」に出かけた。芳雅堂夫婦と井本東一は中野駅で待ち合わせるとのことなので、中野住まいの伸子は彼らと合流し、一緒に「さゞれ」に行く段取りにした。その方が母に言いやすかったし、幸夫も伸子と連れ立たない形が伯父の手前、気楽でよかった。

伯父は幸夫の顔を見るなり、「これだ」とかねて用意の古ぼけた桐箱を差し出した。贈答用の高級日本酒が一本収めてある桐箱の、ちょうどその長さの箱で、しかし、こちらは細く高さがやや低い。箱書きは無く、刀の下緒《さげお》に似た平たい紫の紐が回してある。

「見るかい？」伯父が紐をほどこうとした。

「いや」幸夫が止めた。「客たちと見ます。先入観を持たない方が、商談を進めるにはよろしいかと思います」

「お前もずいぶん大人になったたな」伯父が苦笑した。「その通りだ。見て、お前がガックリしたら、商談にならないだろうからな」

「楽しみは先の方がいいですよ。お預かりします」幸夫が持参した正絹《しょうけん》の風呂敷に桐箱を包んだ。伸子の母に借りた昔の風呂敷である。広げると樟脳の匂いが舞った。

定刻に、芳雅堂たち四人が訪れ、軽い挨拶ののち、早速、宴が始まった。

こんな凄い料亭だとは思わなかった。門構えを見て、足がふるえてしまった、と四人が代わり番に口にした。料理が次々に運ばれてくると、彼らは更に興奮した。桃の花をあしらった和紙の献立表を眺めていた井本が、「八寸って何のことですか？」と幸夫に訊《き》いた。「おや？　クイズ出題者の井本さんらしからぬ問いですね」笑うと、「いやあ。料亭のクイズは扱ったことがないもんで」と頭をかいた。

仲居が料理を運んできた。

「これですよ」幸夫が教えた。

「酒の肴《さかな》をいろいろ、ちょっぴりずつ盛りつけてある。八寸というのは、この台というか膳のことを指すらしいけど」

「口取りのことを申します。鉢肴です」仲居が井本の前に膳を置きながら言った。

「なるほど。これですか。貝の酢味噌。蛤あられ揚げ。唐墨《からすみ》。目光《めひかり》の一夜干し……」と献立表を読み上げながら、料理を確かめている。

そして、「焼物」が出て、赤出しの椀が出て、小柱の炊き込みご飯となり、最後にマンゴスチンのデザートが運ばれた。献立表のひと通りが出されたわけである。

幸夫が芳雅堂と井本に、「見てもらいたい品があるんですよ」と切りだした。そして、「ちょっと商売の話になりますので、私たち男三人は別室に移ります。奥さんがたは、ここでお茶を飲んで待っていていただけますか？」と女性二人に願った。

例の風呂敷包みを抱えて、あらかじめ伯父が定めてくれた客室に、芳雅堂と井本を案内した。一番外れの座敷である。大きな四角の卓子《たくし》が据えてあり、座椅子が四脚、二脚ずつ向かい合わせに並べてある。幸夫が向う側に座り、芳雅堂と井本はこちら側に陣を取った。

井本が小声で恐る恐る問うた。

「添木さん。フィアンセはどうなさったのですか？」

「ここにおりますよ」幸夫も秘密めかしく小声で返した。

「えっ？　どこですって？」井本と芳雅堂が、同時に同じ言葉《と》を発した。

「私のフィアンセは、これです」と卓に置いた風呂敷包みを解き始めた。桐箱が現われる。紫の紐をほどく。

「私もこれを預かってきたばかりで、中身を見ていないのです。宝物だと教えられましたが、どんな宝なのか、見ての上のお楽しみ、とじらされただけで」

箱の蓋《ふた》を丁重な手つきで開けた。白絹《しらぎぬ》の服紗《ふくさ》に包まれている。どうやら巻子本《かんすぼん》らしい。服紗を外すと、今度は白い和紙（かなり黄ばんでいる）にくるまれている。幸夫がゆっくりと剝《は》がす。本体が現われるかと思いきや、真綿が巻きつけてある。慎重に除く。剝がした順にそれらを卓上に並べる。箱に収める時、包む順を間違えないためである。芳雅堂が和紙と真綿に鼻を寄せた。何も言わない。

また、白い和紙におおわれている。これが最後の覆《おお》いだった。

紺地の巻物が、姿を見せた。見るからに古めかしい。三人は、息をのんだ。題箋《だいせん》は、無い。幸夫が何重にも巻きつけられた細紐を、ゆっくり右手を動かして解いた。芳雅堂と井本に目で合図した。芳雅堂が卓上を点検した。ぬれていない。汚れもない。幸夫にうなずくと、幸夫が巻物を卓に置き、左手で抑え、右手で端をつかんで転がすように右側に開いていった。開きながら、芳雅堂と井本に自分の側に来るように言った。二人は幸夫を挟む形で並んだ。

黄ばんだ紙が現われたが、何も記されていない。井本が巻首を抑えた。幸夫が逆に左手の軸の方を転がした。

やがて、唐突に、墨の文字が出現した。漢字ばかりが羅列されている。仮名は一字も見当らない。幸夫が手を止めた。芳雅堂が、のぞきこむ。「至理第二」とある。

「玉房秘決云沖和子曰夫一陰一陽謂之道……」

首をかしげた。

「玉房秘決」とつぶやいた。

「読めますか？」幸夫が訊いた。

「いや、漢文はだめです。でもこの玉房秘決は……こういう題の本がありますから」

「玉房秘決に云う、でしょうか」井本が読んだ。さすが先生だ、と芳雅堂がほめると、

「その先は読めません」あっさり兜《かぶと》を脱いだ。

幸夫が笑いながら、巻物をもう少し広げた。

「あれ？」芳雅堂が頓狂な声を上げた。

「これがタイトルじゃないかな。医心方《いしんぽう》巻第二十八房内《ぼうない》。大変だ。これ、秘書といわれる性典ですよ」

「性典？」幸夫と井本が同時に芳雅堂を見た。

「医心方って、わが国最古の医学書ですが、その第二十八巻はセックス指南の巻として有名なんです」

「これ、値打ち物ですか？」幸夫が息をはずませた。

「わかりません」芳雅堂が首を横に振った。

「医心方のこの巻が、昔から秘書として伝えられている。それだけは事実です。確か、森鷗外の

『渋江抽斎《しぶえちゆうさい》』に、どうして秘書とされたか、詳しく説明されていたように思います」

幸夫は後日、その本に当ってみた。芳雅堂の記憶通りであった。「その四十四」「その四十五」の二章が、医心方の素性と数奇な伝世の章で、鷗外独得の簡潔明瞭な行文でつづられている。

『医心方』（いしんほう、とも称する）は、主《おも》に中国の隋唐期に成立した医薬書百数十種を、丹波《たんばの》康頼《やすより》という平安中頃の宮廷医が、抜粋して編述した三十巻の医書で、永観二（九八四）年に天皇に献上された。

それを織田信長が活躍した時代に、正親町《おおぎまち》天皇が治療のほうびに、典薬頭《てんやくのかみ》（医薬をつかさどる者の長）の半井《なからい》氏に賜わった。以来、『医心方』は半井氏が、代々、大切に護持してきた。もともと皇室の秘書であるから、人には見せない。

徳川時代になって、幕府は半井氏に権力を以て献上を迫った。半井氏は、あの本は焼失した、とか、今見当らないとか、言い逃《のが》れていた。

幕府は献上の強要をあきらめた。代わって、写本を作るので原本を借りたい、と下手に出た。原本が無いというなら、似よりの本を出せ、と迫った。半井氏はやむなく、提出した。鷗外の文によれば、こういう口上と共に出した、とある。すなわち、「外題《げだい》は同じであるが、筆者区々《まちまち》になっていて、誤脱多く、甚《はなは》だ疑わしき麤《そ》巻《かん》である。とても御用には立つまいが、所望に任せて内覧に供すると云うのである」

私はそれで仙術を信じたのです

料亭「さゞれ」の宴席から、一カ月たった。

例の巻子本《かんすぼん》『医心方《いしんぽう》』（いしんほう、とも）は、どうなったか。

実は、一歩も進展していない。あの日、添木幸夫は、これは売り物になるかどうか、と訊《き》いた。

私は即答を避けた。印刷された本と違う。名士の書簡や揮毫《きごう》と同様、贋物が多い。まず、真贋《しんがん》を見きわめなくてはならない。

しかし幸夫は事情あっておおっぴらに鑑定に出せない、と言う。表立てずに目利《めき》きできないだろうか、と頼む。その上で買い手を紹介してもらえないだろうか、と願う。

トンちゃんこと井本東一が、瓜の会の会員に助けを求めては？　と口を挟んだ。

「無理だよ。古典籍専門の業者でなくては」

「でも客を見つけるというなら、専門店でなくたってできるでしょう」東一が食い下がる。

「それはまあそうだけど」

古本屋は創業年の古い新しいは、関係ない。新人だろうが、ベテランだろうが、お客は平等である。古典籍を購入する客が、百円千円の本を買わないということはない（その逆は稀れだが）。場末の三坪足らずの古本屋が、ある日、突然、ビルの一階に出店する話は、よくある。客に払い下げてもらった本の中に、「宝物」が混っていたのである。だから、古書業者は、どんなに貧相な店舗のぬしや、知識の薄い仲間であっても、決して馬鹿にしない。見下していると、ある日突然、見下される羽目になるのを知っているからだ。どのような「凄い」お客をつかまえているか、わからないからである。

一応、瓜の会に触れを回してみるか。二十一人の会員たちは、私の知らないひいき客を持っているわけだから。

私は幸夫に『医心方』のカラー写真を撮ってくれるよう頼んだ。鮮明な拡大写真がほしい。何枚かは、一文字ずつ写してほしい。できるだけ枚数が多い方がよい。全体の巻物の姿、包んである服紗《ふくさ》や和紙なども撮影してほしい。金がかかっても、プロの写真家にお願いできないか。

「了解」と幸夫が承諾した。「腕の立つカメラマンを知っています。すぐに依頼しましょう」

編集プロダクションに勤めているのだから、お手のものだった。

写真が届く間に、私は私を古本屋に育ててくれた旧主に会いに行った。写真を手にしたあとの段取りを、どのようにすべきか、相談したのである。

「まさか、品物は預かっていないだろうね？」

話の途中で、旧主が念を押した。

「いいかい。そういう品は絶対に預かってはいけないよ」くどく、釘を刺す。

「紛失したら大ごとだし、返したあとで、思いもよらぬ因縁をつけられる恐れがあるからね。品物が違っているとか、傷つけられたとか。それを商売にしている者もいるからね、この世界は」

「預けるのが、なりわいなんですね」

「わけのわからない物には手を出さない方がいい。くさいよ、その品は」

「持ちぬしは、確かな人物なんですが」

「紹介したお客さまが火傷《やけど》を負ったら、君にも責任があるよ。賠償させられても文句は言えないよ。客は見つからなかった、と嘘を述べて手を引いてしまえ」

「そうします」

相談にもならない。旧主にはそう約束したが、幸夫から、どさりと小包便でカラー写真が届けられると、写真を頼んだ手前、嘘の断りが言いづらかった。せめて、真贋の返事くらいはしないと、写真を返すきっかけが無い。

私は写真包みを抱えて、再び旧主に会いに行った。

「おれが見たところで判断できないよ」二、三枚、ちらり、と目を通しただけで、横を向いた。

「鑑定できる人を紹介してほしいんです」

「写真だけでかい？」

「写真判断で充分なんです。現物を見ないで怪しいということなら贋に違いないでしょうし、現品を確かめないと断定できない、ということでしたら、脈があるわけです」

「理屈はその通りだが、写真鑑定だからといって無代ではすまないよ」

「高いんでしょうか」

「商売だからね。贋物だったら、本物より高く取られるという話だよ」

それより、と主人は言葉を続けた。いい機会だ、自分で勉強したらよい。参考書を読み調べた上で、鑑定師の判断を仰ぐ。それなら鑑定料が学問代になるわけで、無駄ではない。

「わかりました」

といういきさつがあって、私は『医心方』なる医書の歴史に目を向けた。

森鷗外はその著『渋江抽斎』で、半井《なからい》氏が代々伝えてきた『医心方』三十巻を、権力で借り上げた幕府は、これを書写させ彫刻させた、と記している。写す者（写生）が十六人、校正する者が十三人、監督が四人、将軍や奥向きの医療をする医師二人が総裁に任命された。

写生は一人一日三ページが、ノルマである。三ページを写し終えれば、いつ帰宅してもよい。六ページをすませた者は、翌日休んでよい。二ページが限度の者は、二ページをノルマとする。順調に日に三ページのノルマをこなした者は、仕事は二十日間で終る。二ページしか写せなかった者は、更に十日続ける。これを三カ月続けた。

一人が百八十ページを担当したとすると、十六人で二千八百八十ページである。『医心方』三十巻の総ページ数は、これだけあったということになる（石原明氏の調査では、総紙数一千四百三十七枚、二千八百七十四ページ）。

書写された『医心方』は、木版に彫刻され、安政七年に刊行された。推定五百部という。

原本の半井家蔵本は、その後、どうなったか。

これが全く、わからない。半井家が秘蔵しているのかどうかさえ、わからない。

幕府が約束通り半井家に返したことは、確かのようである。複本さえあればよい、というのが幕府の思惑であって、時の将軍が珍本コレクターでなかったというわけだ。

先の石原氏によれば、明治以降、学者で原本を見た者は一人もいない、という。

古医書に関心を寄せる奇特な学究が少なかった、という理由もあろうし、幕府刊の『医心方』で研究は十分間に合う、ということもあったろう。

海外に持ちだされた、といううわさもある。しかし、これはどんなものか。由緒のある品とはいえ、外国人が果して珍重するかどうか。絵画とは違う。

不思議なのは、明治になって国の重要文化財指定対象にされていないことだ。あるいは、幕末の混乱期に処分されたかも知れない。

「その中の一本が、『さゞれ』の『医心方』巻第二十八『房内』ということ?」

東一が言った。東一は国会図書館の帰りで、私の店に立ち寄ったのである。

「それで、『さゞれ』の巻物は、本物なんですか?」東一は、せっかちである。

「それがね」私は旧主に言われたことを、そのまま伝えた。

「しかし芳雅さん」東一が真剣な表情で私を見た。「そりゃ添木さんに悪いですよ。一応は手を尽して、調べた結果を告げないと。あんなに凄いご馳走をいただいたんですから。食い逃げは、あと味がよくないですよ」

「食い逃げのつもりはないんだが」

東一に、『医心方』のあらましを説明した。

「三十巻の内容は、まあ、大きく分けると、外科、内科、小児科、産婦人科などの疾患や、養生法、食餌療法、薬の調合、鍼《はり》、灸の解説と技法なんだ。昔の医学書だからね。その道の人には珍重されるだろうけど、一般人には、まずありがたがられないだろうね」

「値打ちが無い、ということですか」

「そんなことはない。大値打ち物さ。だけど、『さゞれ』でも話したけど、『医心方』三十巻の内の、この二十八巻のみが秘書中の秘書なんだ」

「性典でした、よね?」

「そう。セックス指南の書。この二十八巻だけが、大値打ち物の、更に大が付くんだ。わかる?」

「わかります」

「それが『さゞれ』にあるというわけ」

「凄いじゃないですか」

「トンちゃんは素直に信じられる？」

「贋だというわけですか？」

「いや、それは正直わからない。でも、おれには、おあつらえ向き、という気がするんだ」

東一が額に手をやった。参ったな、という表示である。

「第一さ、内密に処分したいからって、おれたちのような零細な業者に頼む？　秘密を条件にすればすむわけで、一流の業者は喜んで受けるよ。金になる話だもの」

「ご馳走で釣ったんですかね」

「二人だけの話だよ。添木さんには知らんぷりをしていないといけないよ」

「もちろんです」

ところで、と東一が話題を変えた。

「国会図書館で雑誌を探していたんです。ほら、仙人たちの座談会が載っている雑誌」

「ああ。『文藝春秋』？」

「それではなかったんです。でも、文藝春秋社発行の雑誌でした」

「よく探したねえ」

「例の『問屋《といや》』グループの協力です」

グループの一人で、雑誌の目次だけをコピーして、クイズのネタ探しに活用している者がいる。その仲間に「文藝春秋」の昭和十年から十二年の目次を調べてもらった。ところが、それらしき内容の座談会は載っていない。東一はその返事をもらい、ふと考えた。芳雅堂の話では、K氏は文藝春秋社に電話をして、座談会出席者の住所を訊いたという。「文藝春秋」という雑誌でないかも知れない。

東一は仲間に尋ねた。

「当時、文藝春秋社は、他に雑誌を出していた？」

「うん。『オール讀物』とか、『モダン日本』とか、『話』とか、『日本映画』とか、いろんな月刊誌を出していたよ」

「その雑誌の目次は、持っていないよね？」

「全部あるよ。それぞれ」

「えっ？　どうしてあるの？」

「どうしてって、簡単だよ。戦前の雑誌には、どれにも自社発行の雑誌の広告が載っている。その広告は内容の目次なんだ。だから、『文藝春秋』一冊で、文藝春秋社の全雑誌の目次がコピーできる。『話』とか『オール讀物』でも同じだ。作業がいっぺんに片づく」

「そうなんだ。それじゃ悪いけど、文藝春秋社発行の雑誌目次を、すべて見てほしい。年度は先の通り」

その結果、たぶん、この座談会ではないか、と示されたのが、「話」の昭和十一年十月号である。目次に、「魔界霊界を語る異常感覚者『話』の会」とある。

出席者は六名で、目次に名が出ている。

「友人に電話で読みあげてもらったんです。出席者名。飛び上がりましたよ」

「柳田国男が出ていたんだね」と私。

「そうなんです。柳田が決め手です。でも芳雅さん、オレが驚いたのは柳田じゃない」

「意外な名があったんだな」

「芳雅さんは、松下と言いましたよね？」

「松下曲水。『国歌大観』編纂者の松下大三郎」

「大三郎じゃないんです。でも、松下という文字に似ていますよ」

「似ているって？」

「松本です。下と本。ほら」

「松本って誰？」

「松本道別《ちわき》ですよ」

「松本道別？　漱石と知りあいの、あの……」

「本荘幽蘭と知りあいでもある松本道別です」

「何？　すると松本は仙人だったの？」

「仙人でした。読んでみて下さい」

東一がナップザックから、座談会のコピーを取りだした。

二十五ページにわたる、長い記事である。出席者の略歴が、巻頭にある。

「浅野《あさの》和三郎《わさぶろう》　明治三十二年帝大英文科卒業、大正五年まで海軍機関学校教授。爾来《じらい》心霊問題に没頭、大本教の幹部となり後に別れて心霊科学研究会を組織し」うんぬん。

名簿は五十音順で、次は「鬼倉重次郎」、そして「松井桂陰」、その次が、「松本道別」である。

私は声に出して読み上げた。他の者は三行か四行の紹介なのに、松本は七行と長い。

「明治三十九年、市電焼打事件で兇徒嘯集《きょうとしょうしゅう》罪首魁《しゅかい》として三年間の重懲役に処せられ、小菅《こすげ》在監中、寒気の苦痛から自然生活健康法を発見し、出獄後実行して効果を認め、更に人体に（放）射能の存在するを発見し、治病に応用、遂に神霊問題に没頭するに至り、武州御嶽山《みたけさん》、紀州那智滝を始め、各霊地に修養し神霊と直接交渉するあり。霊学道場、霊時園に主たり」

次は、「茂木平太郎」。最後に、「柳田国男」で紹介文は、たった二行。次の通り。

「民俗学研究、現『郷土史研究』主宰。その立場から古来各地の天狗山嫗《やまおうな》等の現象に興味をもつ」

仙人とか天狗、河童《かっぱ》、龍神など不可思議なものが、昔から伝えられている。そういうものを見たり聞いたりされた皆様から、お話を伺いたい。松井さんに聞き手になっていただいて、と記者にうながされ、松井桂陰が、では松本さん、天狗について何か、とまず松本道別を指名する。松井は略歴によると、新聞記者から、古代精神科学研究に入り、観相運命学を主とし、太占《ふとまに》術を起こす、とある。太占は、『古事記』に登場する占いで、鹿の肩甲骨を焼き、そこに生じた割れ目の形で吉凶を判断する。

松本が口を切る。こんな口調である。

「天狗というのは多少私共と縁故のないこともない、よく慢心すると天狗になるということがあるんですナ。実際慢心すると天狗になる」

天狗をからかってひどい目にあった体験を語っている。大正十三年、那智山で修行をしていた。十九歳の青年を一人連れていたが、一の滝、二の滝と入り、俺はこれから天狗を呼ぶと青年に言い、オーイ、天狗ども集まれ、と叫んだ。三の滝に着き、滝の上方を見たら家がある。仙人の住まいじゃないか、と登ったら、炭焼き小屋だった。なんだ、ばかばかしい、と煙草を吸い、マッチを捨てたら、枯れた茅に火がついた。とたんに風が来て、あっという間に四十メートルほど焼けた。驚いて高い所に逃げた。三の滝に戻って青年を石の上に座らせ、神懸りをした。すると、青年に小野玄鬼《おのげんき》という仙人が憑依《ひょうい》した。たのむ、火を消してくれ、と頼むと、引き受けてくれた。それで事無きを得た。那智神社の神主も二人、上がってきた。そこに忍者のような恰好をした者がやってきて、私を指しながら、「山火事、山火事」と言って消えた。山麓からは巡査も駆けつけた。

「その晩帰《き》神法《しんほう》をやったら神さんから『お前が天狗にからかった為に天狗に復讐されて火事を出した。非常に困る。少彦名命《すくなびこなのみこと》に命じ更に山の神に命じて鎮《しず》めさした。天狗にからかっては駄目だ』と言われた。私は武州御嶽山でも天狗にからかって屢々《しばしば》失敗した」

柳田国男は冷静に、「天狗だと自ら名乗ってきた霊はあるか」とか、女性の天狗はあるか、などと質問している。天狗を名乗る霊はある、と浅野が答えている。すると天狗なる名称は、現在の俗人がつけたのではない？　との柳田の問に、松本が、「漢語です。必ず名乗って来る」。そうかな、信仰している素人《しろうと》がつけた名称のように思えるけど、と突っこむと、松本が答える。「天狗とも天狐とも書くという説もある。古い言葉であるらしいですナ」

天狗の話が続く。松本の談話が、一番豊富である。怪異譚の中で、チラリ、と家族の動静が語られる。大正十年頃、「倅《せがれ》が三菱に出て居て大雨だった」とある。丸の内の三菱に勤務していた息子さんがいたようである。

話題は霊視や霊感、幽霊、動物の妖異、奇跡と転回し、不老長寿の仙人になる法に至る。

例の中西悟堂の松の葉である。

松本は、言う。以下の発言は、松本が仙人を志したきっかけを語っている。

「仙人の長生の原理は難かしい。普通の食物というものは自ら腐敗するのであって、到底不朽の生命を与えられない。それで腐敗しないものを食えば良い。それで松脂《まつやに》とか松葉とか松皮でもよし、又松の根に出来る茯苓《ぶくりよう》を最も食う」

『蒙求』という書物に、「松脂茯苓を食う。五千日にして立てば日中に影なし。立てばなし。座せばあり」とある。

「私の友人が実験したところ、冬になっても単衣一枚で寒くない。夏は暑さを感じないのです。熱湯をグウ〳〵土瓶の口から飲んでプーと吹いて居る。いくら手をぶっても痛くないと言う。それで私は始めて仙術を信じたのです。茯苓を松脂とクロクモを混ぜたものを食って食物を断った」

クロクモ、が不明である。

座談会は、まだまだ続く。トンちゃんが言った。

「芳雅さん、あの写真はお持ちですか？　霊畦山荘でしたっけ？　貸してくれませんか」

「貸すなんて、トンちゃんの持ち物じゃないか」

渡すと、東一は大事そうにノートの間に挟み、ナップザックに収めた。

「思いだしたんです。松本の霊学道場、霊時園で。これ、霊時山荘じゃないかな。問屋グループにこの方面に詳しいやつがいるんです。あんまり親しくないやつだけど、訪ねて聞いてみます」

「霊時、霊畦。なるほど」

『医心方』がどうしてうちにあるのか

おばの容態《ようだい》がよくない、と聞いて、添木幸夫は、ただちに入院先に向かった。一瞬、仲子を連れていこうか、と考えたが、思いとどまった。不謹慎な気がしたのである。

おばは何度も転院しながら、大腸癌の治療をしている。昨秋、膵臓《すいぞう》を侵《おか》されているのが判明した。こちらの癌はむずかしいと聞いた。

病院は向島の、三囲社《みめぐりしゃ》と桜餅で有名な長命寺の間、どちらかというと長命寺に近い所にある。伯父が験《げん》をかついで寺名にあやかるべく探したようである。

おばは個室にいた。部屋の入口には名札が掲げてある。「りり」というハイカラな名前である。漢字で凛々《りり》と書く。りりしいの凛々である。名は体《たい》を表わしていて、おばは男まさりのきりりとした女だった。ちなみに幸夫の母はりりの姉だが、こちらは「瑠璃《るり》」という。野鳥のオスのように美声で、しかし、古代はガラスを瑠璃と称したように、もろくて頼りない。

おばは意外に元気だった。やつれてもいない。声も頭もしっかりしている。昨年の暮れに見舞った時よりは、体がちぢんだような様子だが、目立って衰えてはいない。

挨拶を交わすなり、いきなり、巻物《まきもの》はだめだったんだって？　と問いかけてきて、幸夫は面くらった。

例の、巻子本《かんすぼん》『医心方《いしんぽう》』（いしんほう、とも）である。

三日前、芳雅堂書店店主が幸夫の会社を訪ねてきて、近所の喫茶店で対談した。古書店仲間の親睦組織「瓜の会」会員たちに、『医心方』に関心を寄せそうな客の紹介を頼んだが、結果は皆無だった。『医心方』についての情報も集まらなかった。

「これはつまり私たち『瓜の会』のレベルの問題です。『医心方』がどうこうなのでなく、私たちにはそれを求めようという高級な客がいないということです。ご期待にお応《こた》えできず申しわけない」

芳雅堂が何度も頭を下げた。

真贋《しんがん》については触れなかった。幸夫も、あえてそのことを訊《き》かなかった。はっきりした黒白《こくびゃく》が知りたければ、然るべき機関に願って鑑定してもらえばよいからである。芳雅堂の報告を聞きながら、伯父がそうしないのは世間体が理由ばかりではなさそうだ、と疑いだしたからである。

もしかしたら、盗品ではあるまいか。伯父本人がどこからか、くすねてきたとは思わない。盗品と知らずに購入したが、おおやけにしてはいけない、と口止めされているのかも知れない。公表不可の理由は、何とでもつけられる。『医心方』巻二十八の内容が、過激な性愛技術の指南書だから、秘密裡の売買品であっても何ら不思議はない。

品物の真贋よりも、どうしてこのような品が伯父の手元にあるのか、それを調べる方が先決ではあるまいか。伯父は幸夫の母から譲られた、と言った。母があの世の人である以上、確かめようがない。おばに尋ねれば何かわかりそうだが、伯父がいやがるだろう。何しろ単刀直入の言行で周囲を振りまわすおばだから、うっかり口にしようものなら、ひと波乱起こす羽目になりかねない。もっとも瀕死の床にあるというから、それどころではないだろうし、ショックのあまり妙な事態になったら、のちのちまで伯父に恨まれる。

芳雅堂の報告をそのまま伯父に伝えて、この件から手を引こう。どの道、面白い話ではない。そう決意した直後だったから、おばの問いに驚きまごついたのも無理からぬ。幸夫は、「あ、あの」と口ごもった。

「隠さなくてもいい。大郎《だいろう》からすべて聞いているよ」おばが言葉を柔らげた。

大郎というのは、伯父の名である。

「もともと巻物を売ろうと図ったのは、あたしなんだよ」

おばがベッドの脇の椅子を、幸夫に勧めた。幸夫は椅子を寝ているおばの顔の横に運んだ。折り畳み式の、軽い安直な椅子である。

「お客を探すのに、お前をわずらわせるよう、指示したのもあたしなんだよ」

「そうでしたか」幸夫は、うなずいた。

「他人を頼めないわね。火の車の内情を知られるからさ。身内のお前しかいない。仕事柄、お前は世間が広いからさ」

伯父夫婦には、子がいない。養子を迎える話があったけれど、いつか立ち消えになった。あるいは、その頃から料亭「さゞれ」の屋台骨が、きしみだしたのかも知れない。

幸夫は伯父にするつもりの芳雅堂の話を、おばに語った。

「贋物だったんだね。やっぱりねえ」おばが嘆息した。

「いや。芳雅堂主人は、そうはおっしゃいませんでした」

「そりゃプロだからさ。ほんものだったら、客が付く付かないより先に、まずそう言うよ。こちらが何より知りたいことに触れないのは、品物がダメだからさ。それがプロの労《いたわ》りさ」

「そんなものなんですか」

「お前はまだ若いよ」おばが微笑した。

何だか、ゾッとするような笑顔である。

「しかし、お前には骨を折らせたね。悪く思わないでおくれ」

「おばさん」

ちょうどいい機会かも知れない。

「あの品物は、どうしてうちにあるのですか?」

「はっきりしたことは、わからないのさ。お前のお父さんが、何かのお礼でちょうだいしたか、相場より安い値で譲ってもらったかしたらしい。お父さんの品であることは間違いない。お前のお母さんはそう言っていた」

おばが母(姉)から聞いた話は、こうだ。

「さゞれ」の顧客で、昭和の初め頃から、月に一、二度は利用している河井《かわい》という人がいた。羽振りがよい客で、外国に出かけては、何らかの形で異国に流れた日本の書画骨董を買いつけ、それを日本の古物商人に売り渡して儲けている。

たとえば、浮世絵がその一つである。浮世絵は明治の初め、紙くず問屋で一キロいくらで取引きされていた。これに目をつけたある商人が、包装紙として外国に輸出した。

河井がアメリカの古い雑貨店をのぞいたら、倉庫にほこりをかぶった浮世絵の束が、いくつも積んであったという。包装紙として使い切れなかったのである。写楽や歌麿の作品が何百枚も出てきたというから、凄い。

ロンドンの場末の小さな食堂に、ちぎり絵の達磨《だるま》像が飾ってあった。額に入れられて、ずいぶん古めかしく、くすんだ赤銅《しゃくどう》色である。よくよく目を凝らして見たら、色紙《いろがみ》をちぎったのでなく、わが国で郵便制度が始まった頃の、竜紋模様の切手を重ね貼りしたものだった。

未使用の切手でなく、すべて使用ずみの切手である。しかし、消印から当時の郵便利用の状況がうかがわれ、未使用切手よりも、はるかに価値が高い。使用ずみ切手の残存の方が、少ないのである。丹念に剝がして一枚売りすれば、大層な金高になる。

河井はつまり、こんな風に、いろんなつてを頼って、打ち捨てられた日本の品々を探しては、わが国の好事家に供給して飯を食べていた。

浮世絵と竜切手（といわれる）の例は特殊であって、河井の仕事の主力は、日本ものコレクターを訪問して、交渉の末に買い取ることだった。その道の第一人者だったらしい。

「さゞれ」を商談の場所にしていた。そのうちに、河井が外国で買い付けた品を、「さゞれ」あてに送るようになった。おそらく、受け取りと保管の手数料を、なにがしか払うことで幸夫の父と合意したのだろう。

「河井さんの品物は人気があってね。『さゞれ』では、年に一、二回、業者だけの入札会が行われた。店を貸し切りにしてね。下見と入札を三日間にわたってやった。全国から古物や骨董、古書の業者が続々と集まってきた」

「古書店主もですか？」

「古本もあったからね。何だか、えらく年代物の本が、結構あったよ」

「外国にあった日本の本、というのが売りだったわけですね」

「珍しい本もたくさんあったようだよ。客が喜んでいたもの。入札会が終ると、派手な打上げをしていたから、相当のお金が動いたんだろうね」

「おやじも、おかげでうるおったということですか」

「ところが戦争になった」

外国への渡航は禁止である。

「河井さんは国内を駆け回っていたけど、外国と違ってうまみは無いわね。そのうち書画骨董どころじゃなくなる。『さゞれ』も営業をやめる。お前の父さんが乾性胸膜炎になって、河井さんの世話で千葉の鴨川に転地療養する。ついでに、あたしらも鴨川に疎開した」

「おやじは徴兵検査を受けた際に、医務官に病気を指摘されたと話していました。痛みが無かったので、ほうっておいたと言ってました。徐々に悪化したんですね」

「兵隊にならずにすんだ、と内心喜んでいたんだよ。病気をみくびっていたんだ」

「河井さんは鴨川の人だったんですか」

「河井さんの知りあいの所だと思う。顔の広い人だったからね。ところで幸夫は何年生まれ？」

「おれは、昭和二十一年です」

「その年に『さゞれ』を再開したんだよ。あたしが大郎と所帯を持った年でもある。お前の父さんの兄貴が、中国から復員してきたんだよ。当時は、男が少なくてねえ」

おばが苦笑した。

「ひと足先に、あたしたちが東京に出てきて、店を開けた。奇蹟的に、『さゞれ』は焼け残っていた。浅草一帯は、観音さまだけ無事で、あとは焼け野原。食べ物屋が一等早く復興した。あたしらも水団《すいとん》売ったんだもの。店の前に大鍋を出してさ。味噌汁仕立てが売りさ。日本橋の鰹節問屋から、焼け残った品を安く売ってもらってさ。焦げくさい鰹節だけど、削れば変わりない。焼いたので、かえって味がよい。削れば削るほど、あざやかな濃い紅色が澄んでくる。あの色には、感動したね。当り前の日常がここにある、と思ってさ。鰹節をかきながら泣いてしまったよ。ダシがたっぷり効いた味噌汁水団は、さすが料亭の味だ、って評判になったよ」

「おやじたちは、戦争が終って三年目に上京した、と話していました」

「商売が盛り返したのは、朝鮮戦争が始まってからだよ」

「昭和二十五年ですね」

「特需景気といったね、確か。株屋さんや建築屋さんが、腹巻に札束を押し込んで来て、毎晩うちでドンチャン騒ぎ。あか屋さんというのが、えらく威勢がよくてね。あか屋さんて何の商売か、と思ったら、銅線を取引きする人だって。戦争で金属が引っぱり凧で、そういえばその頃は電線泥棒が多かった。銅をあかというんだね」

「さゞれ」も繁盛し、笑いが止まらない。向島に支店を出し、伯父夫婦はそちらを任された。

「向島に行く前だったかな、河井さんが亡くなられてね。お妾さんの家で急死したというんで、ちょいとした騒動だったよ。奥様が血迷って『さゞれ』にどなりこんできたりして」

「うちがお妾さんと関係があったのですか？」

「全くの誤解だよ。『さゞれ』に入りびたりだったから、うちが妾宅と疑われたのさ」

「ということは母かおばさんが？」

「河井さんのいい人に見られたんだねえ。光栄かねえ。もっとも河井さんという人は、頭がよくて外国語がぺらぺらだったけど、お面はあたしの好みじゃなかったけどね。姉さんも、こうだったよ」と右手を顔の前に立て、お辞儀をするしぐさをした。

「あれは、いつ頃だったろう。河井さんが亡くなってずいぶんたって、『さゞれ』に河井さんの名前宛で、ドイツから手紙がきた。お前は覚えていないかい？」

「知りません」

「聞いていない?」

幸夫は、かぶりを振った。

「じゃあ、お前が小学生か中学生くらいの時だね。大学生の時だったら、読んでくれと姉さんがお前に翻訳を頼んだろうからね」

父は幸夫が十六歳の時に亡くなった。

「でも、河井さん宛の手紙でしょう? 赤の他人が封を切るわけにいかないんじゃないですか」

「河井さんが亡くなったら、財産らしきものは何一つ無くてね。莫大な借金だけあった。資産を当てにしていた奥さんは、負債のがれで、さっさと離婚し、河井さんの遺骨も置き捨てにした。姉さんたちが菩提寺に頼んで、添木の墓に納めて弔ったんだよ」

河井さんには金銭的な恩義も、たぶん、あったのだろう。

「戦後の河井さんは何をなさっていたんですか?」

「古物商だよ。『さゞれ』のひと部屋を、古物置き場に使ってね。むろん、倉敷料は払っていた。地方によく出かけていた。旧家を訪ねては、売買していた。『さゞれ』の屋号を、商売に利用していたんだと思うね」

「どういうことですか?」

「古物の出どこだよ。たとえば、古い古い花瓶があるだろう。花瓶はどこにあったものか、誰の持ち物だったか。買い手は、まず、そこに関心を寄せる。出所を知って、物の価値を決めるんだよ。古物は出所が大事なんだ。『さゞれ』に昔から伝わった品だ、といえば、箔《はく》が付くんだよ」

「どうしてですか?」

「どうしてって、『さゞれ』はやせても枯れても、江戸末期の創業だよ。文政だか天保の初めだかの京都大地震で、かろうじて命が助かったご先祖が江戸に逃げてきた。いつから商売を始めたかはっきりしないけど、ざっと数えても、百数十年はのれんを守っている。日本じゃ、百年、同じ屋号でいたら立派な老舗《しにせ》だよ。老舗の信用が、物を言うわけさ。河井さんはあきんどだから、その辺はちゃんと心得ていて、『さゞれ』を存分に取引きに活用したに違いないさ」

もともとそのつもりがあって、河井は「さゞれ」に近づいたのかも知れない、と幸夫は、ふと考えた。

「ところで、ドイツ人の手紙は何だったのですか？　どなたかに読んでいただいたのですか？」

「それがね、笑っちゃったのさ。『さゞれ』のお得意さんでドイツ語に堪能の商社員に、恐る恐る翻訳をお願いしたんだよ。そしたら、請求書だったのさ」

「古物の、ですか？」

「そう。なんでも河井さんが、ドイツ国内で買い付けた日本の古物を、そのドイツ人に預けたらしいんだよ。倉敷料を払ってね。倉敷料の契約期限が切れるけど、どうするのか。再契約するのかどうか問い合わせる、再契約の場合の料金はこうだ、という文面でね。請求書の再契約料と預かり賃が、これが、べらぼうな金額なんだよ」

「日本の品は何だったんですか？」

「書いてない。河井さんの仲間に見せたんだよ。仲間の一人が内容を知りたい、詳しい目録を送ってほしい、と問い合わせたらしいけど、梨のつぶてだったって。危ない品じゃないか、という話になった」

「盗品ですか？」

「おおっぴらに扱えない品だろうと。預かり賃が異常に高いというんだよ。それに預かっている人物が、どうもうさんくさいとね」

「どうやって判断したんですか?」

「だって肩書が伯爵だか侯爵だかで、お城の名が記してあって、そのお城のあるじと名乗っているんだってさ」

「預かり賃が高い意味は何ですか?」

「河井さんの仲間に言わせると、出所が怪しい品じゃないかって。預かる方がそのことを知っていて、足元を見て吹っかけているんだというのさ。外国には骨董や書画専門のやくざ組織があるという話じゃないか」

「マフィア、ですか?」

窓ぎわの小卓に置かれた空の吸飲みが、カタカタとふるえだした。地震か、と幸夫が腰を浮かせたが、震動はまもなくやんだ。近くの大通りを、クレーン車のような重量車輛が、ゆっくりと走りすぎたらしい。

「その手紙は、どなたがお持ちですか?」

「うちのどこかにしまってあるはずだよ。記念切手が何枚も貼ってあって、きれいだから捨てないでおこう、って姉さんが引出しに収めたのを知ってる。太郎に聞いてごらん」

ところで、とおばが話題を変えた。

「正月明けに、お前が友だちをお店に呼んだって?」

「はい。巻物の件で。ご馳走になりました」

「そうだってね。その時、お前は女友達を太郎に紹介したそうだね」

「はい」

伸子のことである。

その時、また、吸飲みが、ふるえだした。

「お前は伯父さんの手前、ガールフレンドと言ったんだろうけど、本当は、恋人なんだろうね？将来を約束したのかい？」

「いえ。そんなつもりは、全くないんです」

「お前は異母妹と知っていて結婚するつもりなのかい？」

「えっ」と幸夫は、腰を浮かした。

「隠さなくてもいい。あたしは何もかも知っている。伸子と母親のことは調べさせているんだ」

おばが大きな溜息を吐いた。

老人はプロに違いない

夏目漱石の小説『野分《のわき》』を読んでいる。

主人公が演説会に出席する場面がある。聞きに行くのでなく、彼自身が語るためである。出がけに兄から使いが来る。用事があるから、すぐ来い、とある。演説をさせまいための、呼び出しだが、主人公は、今日の演説は人を救うための演説だから行かねばならぬ、と妻と押し問答をする。人を救うって、誰を救うのですか、と妻が問う。主人公は、こう答える。

「社のもので、此間の電車事件を煽動したと云ふ嫌疑で引つ張られたものがある。――所が其家族が非常な惨状に陥つて見るに忍びないから、演説会をして其収入をそちらへ廻してやる計画なんだよ」

この「引っ張られた者」が、松本道別《まつもとちわき》である。

「電車事件」とは、明治三十九年の電車代値上げ反対騒動をいう。そもそも東京市には三つの市電会社があった。東京市街鉄道と、東京電車鉄道、それに東京電気鉄道である。乗車料金は同一であった。この三社が合併すると同時に、運賃を従来の三銭から四銭均一に値上げし、八月一日に認可されたのである。

この年、堺利彦《さかいとしひこ》らによって結成された日本社会党は、反対運動を起こした。市民も同調し、それは次第に暴徒化した。

松本道別は日比谷公園で市民大会を開いたため、凶徒嘯聚《しょうしゅ》、教唆煽動などの罪で、九月一日に警視庁に引致された。

『野分』では、主人公の妻が、逮捕された人の家族を救うのは結構だが、社会主義と間違えられるとこまる、と言う。主人公は、あっさりとこう答える。

「間違へたつて構はないさ。国家主義も社会主義もあるものか、只正しい道がい、のさ」

妻は反駁《はんばく》する。

「だつて、もしあなたが、其人の様になつたとして御覧なさい。私は矢つ張り、其人の奥さん同様な、ひどい目に逢はなけりやならないでせう（略）」

主人公はしばらく考え込む。やがて、決然と言い放つ。「そんな事はないよ。そんな馬鹿な事はないよ。徳川政府の時代ぢやあるまいし」

『野分』の主人公は、作者の分身と見てよいだろう。

実際に漱石は、この年の九月二十三日に、神田の和強楽《わきょうがく》堂で、大町桂月《おおまちけいげつ》発起の第四回文芸講演会でしゃべっている。演者の顔ぶれは、大町と漱石の他に、巌谷《いわや》小波《さざなみ》、田口掬汀《たぐちきくてい》、高須《たかす》梅渓《ばいけい》ら文学者や政治家の建部《たけべ》遯吾《とんご》であった。漱石が何を語ったか、記録が無い。

漱石と松本道別は、旧知の間柄だろうか。そうではあるまい。大町桂月と道別が親しい仲なのだろう。では桂月と漱石はどうか。漱石はこう語っている。

ある新聞に、二人は常識が無いとけなしあっている、と出ていたが、嘘だ。「僕は桂月を知らなかつたがね、過般《いつか》松本道別の為に演説を行《やる》から出て呉《く》れといふ様な依頼《たのみ》で、一度先方《むかふ》から来て呉れたのだがね（略）」

けなしあっている、というゴシップの出所は、漱石の『吾輩ハ猫デアル』上篇を、「滑稽物としては滑稽足《た》らず、諷刺きわめて小也」と評し、作家として大成するためには、酒を飲み道楽も旅行もせよ、と忠告した桂月に、漱石は書き続けていた『猫』の場面に、酒の稽古をする主人公を描いて皮肉ったことだ。主人公に、桂月は現今一流の批評家だ、と言わせ、その批評家が勧めるのだから良いことに決まっている、と妻に返答する。桂月だって梅月だってそんなことはよけいなお世話だ、と妻があきれる。

大町（本名・芳衛）の号は、生まれ故郷・高知の、月の名所桂浜に因《ちな》む。桂月は陰暦八月の異称でもあり、梅月は同じく五月のそれである。漱石は月の異称で洒落たわけで、単なる口遊びではない。

それはともかく、二人はこのやりとりで仲違いしたわけではない。漱石の先の談話は、次のように続く。「今でも（桂月の）書いてる物には左程敬服はしないがね、逢つてみると感心したよ、と言ふのは桂月は珍らしい善人なんだ。僕は今の世に珍らしい怜悧《りこうげ》気の無い、誠に善い人だと思つたよ、僕は誰にも桂月の事は讃《ほ》めてるんだがね、新聞屋は悪戯《いたづら》ばかりして欣《よろ》こんでるんだね」（東京朝日新聞・明治40年4月3日）

要するに漱石は桂月の人柄に惚れたのである。道別の家族救済の策に、全面的に賛成し、話に乗ったのは、桂月の無償の義侠心に打たれたからだろう。漱石は松本道別とは面識が無いはずである。桂月の説明を信じたのだ。

当時の都新聞に、電車賃値上げ反対行列に漱石夫人がいる、と報道されたらしい。記事の切り抜きを送ってきた美学者の深田康算《ふかだやすかず》に、参列は事実無根だが、反対派には相違ないから差しつかえない、「小生もある点に於て社界《(ママ)》主義故《ゆえ》堺枯川《こせん》氏と同列に加はりと新聞に出ても毫《ごう》も驚ろく事無之候《これなく》」と返事している。

この頃の漱石は心情的に社会主義者だったといわれているが、『野分』の主人公のセリフ、「国家主義も社会主義もない。正しい道ぞ良し」が本音だろう。桂月の真情と熱意に共鳴し、演説を引き受けたようである。

ところで、桂月と道別はどのような関係だったのだろう。

ドイツ文学者で、ニーチェの哲学をわが国に紹介した登張竹風《とばりちくふう》という人がいる。大酒家で講演好き、という点で共通の桂月と、馬が合った。竹風の証言によると、日本で文士講演会が盛んになったのは明治三十三、四年頃からで、「大町桂月、松本道別両君が、神田橋傍の和強学堂《(ママ)》に、度々開催して、あらゆる文士を引つ張り出すべく努力したお蔭で、文士の講演なるものが、大分流行《はや》るやうになつた」(『人間修行』)

桂月主催の講演会では、弁士の卓上に酒が用意してあった。桂月は吃音《きつおん》だったので、酒が入らないとうまく話せない。自分用の酒だったが、いつか酒好きの文士たちがこれを楽しみに登壇するようになった。聴衆は何もご存じなかった、と竹風は明かす。

漱石は講演中は水を飲まなかったようだ。飲む習いであったら、下戸中の下戸だから、ひと騒動持ち上がったに違いない。

桂月と竹風と道別は、何かにつけ酒を酌み交わしていたらしい。次は、桂月の文による。

竹風宅でさんざ飲んだ桂月と道別は、郊外から電車で東京市内に帰るのだが、何だかまだ飲み足りなくて、品川駅で下車し、品川遊郭に向かった。「東京通《つう》の道別がこゝと指す料理屋は既に戸ざしたり」ようやく、営業中の牛肉屋を見つけて入った。酒と肴を運んで来た女に、こちらの遊郭は初めてなので伺いたいが、一番美人の多い店はどこだろうか、と聞くと、あら、お帰りじゃないんですか、と取りあわない。「道別の顔をじろりと見て、背《そむ》いて袖を口にして去る」吹きだしそうになるのを、着物の袖でおさえて奥に入ってしまった、というのである。女に野暮な質問をしたのは、道別だろう（むろん、からかったのである）。「小生は胡麻塩《ごましお》頭、道別は禿《は》げ頭、三十代の男を五十歳以上と見て、いけすかない、老爺《じじい》のくせにと思ひしなるべし、と二人にて微笑いたし候」

二本目の酒が尽きないのに、終電（市電である）が無くなる、と言われ、あわてて勘定をすませて駅に駆けつけると、上野行きの最終が発車するところ、息せき切って飛び乗る。銀座尾張町で桂月だけ下車した（道別はどこまで行ったのか？）。時間は深夜一時に近い。桂月は新宿の大久保に帰るのだが、そちらへの電車はもう無い。そこで歩くことにした。日比谷公園に沿って桜田門外を過ぎ、麴町の通りから四谷見附まで、全く人影が無い。「都も夜半は、仙境に候」見附を出たあたりで始めて人に出会った。鍋焼きうどんの屋台である。

新宿に近づくと、蕎麦屋はまだ開いていた。家に着いたのは午前三時過ぎである。

以上は明治四十二年十二月発行の『桂月書翰』による。なぜ長々と酔人の散歩を紹介したかというと、桂月は「歩け歩け運動」の先駆者だからである。愛好者を募り、東京の近郊を歩いた。夜通し歩くこともあった。学校に諮《はか》って、何十人かの学童を引率し歩くこともあった。

歩くことは心身を健やかにする。一家が健全なら、国家も健全である。他の多くの運動は、場所や道具やお金が必要だが、歩くことは何もいらない。一人ででも、誰にもできる。老いても、できる、と言った。桂月は紀行の美文家で知られたが、その旅も原則は乗物を使うのでなく、自分の足で歩くことだった。

松本道別は、「電車事件」で二年の懲役刑に服した。小菅刑務所で独自の「自然生活健康法」を発見し、出所後、研究を重ねたのち、「仙人」になった。文藝春秋社発行の月刊誌「話」の紹介によれば、武州御嶽山《みたけさん》、紀州那智滝、他の各地霊場で修行した、とある。山野を跋渉《ばっしょう》したのである。

大酒の他に歩くことが桂月と共通している。道別を調べるには、桂月の著作をひもとかねばならぬ。

そう考えた時、トンちゃんこと井本東一から電話が来た。

「芳雅さん。やっぱり連絡がありましたよ。例の紙魚《しみ》の家の老人です」

トンちゃんは声をひそめているが、明らかに興奮している。

「図星だろう?」

私は得意気に答えた。

「トンちゃんを鴨と見込んだんだよ」

「そうは問屋が大根おろし、ですよ」ヒヒ、と妙な笑い方をした。「鴨だと思っていたら、能ある鷹。隠した爪で、こちらが引っかけてやりますよ。芳雅さん、手伝ってくれますよね。約束ですよ」

一週間ほど前、トンちゃんが恵比須顔《えびすがお》で、わが店に愛用の自転車をすっ飛ばしてきたのだ。荷台にダンボール箱をくくりつけていた。

「ついに成功しました」声をはずませて、箱を下ろし、帳場の横に置いた。

「どんな風な商談になったの?」

「先方の言い値で買いました。私が頭の中で見積った金額より、安かったんです」

「トンちゃんも一人前になったわけだ」

「ひやかさないで下さいよ。でもいつまでも、芳雅さんに頼っているわけにいきませんからね。

思い切って、自分なりに値を踏みました」

「客が売ろうとしてつける値段というのは、大体において高いんだけどね。本に思い入れがあるから。トンちゃんの見積りより安いのは珍しいよ。だけど」

「何ですか不安だな、その言い方」

「見積り額が見当外れという場合もある。つまり、トンちゃんの眼鏡違《めがねちが》いだ」

「ヒャー」妙な声を発し額に手をやった。参ったな、というしぐさである。「もしかしたら、オ、オレ、ひどいドジを踏んだかも知れない」

「何の本?」私が代わりに箱の蓋《ふた》を開いた。

昨年の冬、トンちゃんの店のある中野駅周辺に放火魔が出没した。犯人はまだ捕まっていない。トンちゃんの町会ではパトロール隊が結成され、交代で住宅街を回った。

白煙を見つけた。てっきり火事と思い駆けつけたら、書庫の紙魚を殺す燻煙剤《くんえんざい》を焚《た》いていたのである。古い本をたくさん所蔵しているらしい。トンちゃんは翌日、「創業元年」の古書買入れチラシを数枚、その家の郵便受けにほうり込んできた。

何度か試みたが、反応が無い。そこで暮れも押し詰まった日の午後、直接訪ねた。不用の本を引き取りに回っている、御用はございませんか、と聞いた。時季が時季だから怪しまれないし、邪慳にもされない。年が改まったら、こんな御用聞きはできない。

古本の買出しは、表玄関から伺ってはいけない。必ず裏口を利用する。近所に知られぬよう、小声で古本屋と名乗る。本に限らず、品物を金に換える場合は、秘密裡に行うのが鉄則である。質屋さんが裏通りの路地にある由縁《ゆえん》だ。

台所口らしいが、何度声をかけても返事が無い。呼び鈴《りん》は見当らない。あきらめて表に戻ると、ちょうど折よく向かいの家の主婦が、買物から戻ってきた。白煙の正体を教えてくれた主婦である。

「あの時のパトロールの？」先方は覚えていてくれた。「お爺ちゃんがいるはずですよ」

玄関の呼び鈴を押してくれ、向かいの何々ですよ、ちょいと、お客さまですよ、と声をかけてくれた。しばらくして、八十代くらいの老人がドアを開けた。向かいの主婦は、時候の挨拶をすると、自宅に戻った。トンちゃんは名刺代わりに、持参の例のチラシを差し出した。

それを読んだ老人が、中に入れ、と手で示した。トンちゃんが玄関に入り、短く買入れの趣旨を説明しようとすると、遮って、高く買うか、と聞いた。

「高価にちょうだいします」トンちゃんは思わず大声で受け合った。老人が、うなずいた。

商家の旦那然とした、小太りの老人だった。古い本に囲まれているような人には、見えない。何だかインテリの気配が無い。お金を数えて悦に入っているような感じの年寄りだった。

その日は、顔合わせのみで終った。どうやらトンちゃんは、品定めをされたようである。

正月明け、老人から電話がかかった。トンちゃんが直接受けた。いきなり、古本、高価に買い取るんだったね？　と言われた。あれは年末限定ではないよね？　と畳みかけたので、あの表札の無い家の老人とわかった。

前園《まえぞの》、と名乗った。少しばかり払うから、すぐ来てくれ、というので、トンちゃんは勇んで自転車を走らせた。玄関先で待っていた。中に入れ、と招く。上がり口に、戦前の本がひと山積んであった。

トンちゃんは胸を躍らせながら、拝見した。一方で、自分が見たことも聞いたこともない本が現れたらどうしよう、とドキドキした。値をつけなくてはならない。しょうがない。正直に判断できないと告げて、品物をお預かりし、芳雅堂に相談しよう。そう決めて一冊ずつ見ていったのだが、どれも戦前の中学校の教科書と参考書と辞書ばかりである。新米のトンちゃんだが、金にならぬ本の山、とさすがに、これくらいは見極められた。

「そうか。だめか」老人は、あっさりと引き下がった。

「それじゃ、今度はだめでない本を探しておこう。悪かったね」

「戦前の、ぶ厚い本、たとえば研究書とか、研究の資料になるような本が結構なんですがね」

トンちゃんは、よけいなことを言った。

「そういう本なら高価に買うかね？」

「奮発いたします」

そうしたら数日後に、老人から連絡が来た。

老人は、「戦前のぶ厚い本」を一冊、トンちゃんに差し出した。

トンちゃんの初めて見る本である。これは「瀬踏み」だな、と覚《さと》った。古本屋としての能力を試されている。このような類の本を老人はたくさん持っているらしい。これをきっかけに、少しずつ売っていただけるなら、そのうち大儲けをさせてもらえるだろう。よし、これは投資だ。損して得を取れ、だ。

トンちゃんは思いきった値をつけた。老人が、ニンマリとした。取引は、一瞬に成立した。

その本をただちに古書市場に出品した。買った値段と、ほぼ同額で売れた。手数料を払うと赤字だが、トンちゃんは満足した。自分の目に、自信を持ったのである。こちらの見積りは当っていた、と嬉しかった。

それからも二、三回、呼び出しがかかった。いつも一冊か二冊のお払いである。トンちゃんは我慢して「投資」を続けた。老人はやがてトンちゃんを信用したようだ。

一週間前、初めてダンボール一箱の量を売ってくれた。トンちゃんは有頂天になって、老人宅から戻ると、いかに老人が本を愛し、本を読んでいるか、私に電話で報告した。

「この本は口絵の錦絵が貴重だとか、平安鎌倉時代の米の値段や、江戸時代の物価が、こんなにも克明に記録されている本は無い、この本は時代小説家が重宝しているものだ、と説明してくれるんです」

聞いて私は危ぶんだ。トンちゃんは老人の講釈に惑わされたのではあるまいか。買ったその本を見せてくれ、と私は言った。

案の定だった。ダンボール箱に収められていた本は、『東京電燈株式会社開業五十年史』と、竹越三叉の『日本経済史』八冊揃いである。どちらも見栄えはいいが、古書価は、えっ？　と絶句するほどの安いもの、昔から古本屋一年生が騙される書籍として有名であった。

「だけど芳雅さん」トンちゃんが、まくしたてた。

「この東京電燈会社史は、東京に初めて電燈がともった明治二十年からの歴史が書いてあるんですよ。電燈の変遷が手に取るようにわかる。図版だってこんなに入っているし、希覯本ではないんですか」

「いわゆる社史の中では、一番ありふれた本なんだ。発行部数が桁違いに多いんだと思う。とにかく、あっちこっちに転がっている」

「この日本経済史もですか？」

「そう。その物価表は貴重だと思うけど、決して珍しい本ではないよ」

「えらい損をしました」

「その前園という人は、プロだな」

「プロ、といいますと?」

「元古本屋じゃないか。いや、現在もそのような商売をしているのかも知れないな」

「老人は味を占めて、また呼び出しをかけてきますよ。芳雅さん、どうです、私と一緒に会ってみませんか。二人で化けの皮を剝がしてみましょうよ」

待っていた電話が来た、というのだ。

人体ラヂウムを発見した

大町桂月《おおまちけいげつ》の著書を、片っ端から拾い読みしている。

松本道別《まつもとちわき》と桂月は、どのような関係なのだろう？

例の「瓜《うり》の会」会員に触れを回した。全国に二十二人いる零細な古書店主たちである。桂月と道別の著書がほしい、と電話をしたら、たちまち二十数冊も集まった。全部、桂月のそれである。安い。美文家として一世を風靡した桂月も、文章を味わう気分と傾向の失《う》せた現代では、すっかり忘れられた文人になってしまった。ただし、桂月の故郷の高知県下の「瓜の会」会員からは、それなりの売価を知らせてきた。これは当然であって、古本屋の地元愛である。

それにしても、この著書の多さはどうだ。明治大正期の若者に、熱狂的に支持されたといわれるが、書名からも諾《うべな》われる。いわく、『家庭と学生』『青年訓』『社会訓』『時代青年文集』『少女と山水』（中内蝶二と共著）。合著も多い。いわく、『花紅葉』『続・花紅葉』『むら雲』『千波万波』『寄る波』……

全部で何冊出したのか。とにかく全集十三冊（十二巻と別巻一）がある。単行本二十数冊を拾い読み、といっても、松本道別の名が出ている所を調べるだけだから、一時間もかからなかった。付箋を施したページだけを、丹念に読んだ。

その結果、ぼんやりと判明したのは、桂月が道別と親しくなったのは、どうやら、明治三十九年三月の「電車事件」がきっかけらしい。道別が逮捕されたため、妻と四人の子が路頭に迷った。桂月は見過ごすことができず、生活の面倒をみた。道別はこれを恩義に感じた。

そもそも道別が桂月に講演を依頼したのが、交遊の始まりだったらしい。文芸講演会を企画したのは道別であった。これは桂月が証言している（後述）。明治三十九年の春頃に、第一回が開催されたようで、桂月は最初から名を列ねたらしい。毎月一度の割で、開かれた。聴衆は多い時は八百人、少ない時は二百人、平均すると三百から四百人入った。会場は牛込の演芸館や、神田の和強楽堂が使われた。

桂月ははっきり書いていないが、文芸講演会は道別のなりわいであったようだ。道別が入獄した時は桂月が代わりに主催者を務めている。

桂月は道別のどこに魅せられたのだろうか？

ひとつに、道別の志士的性格に惚れたことだろう。桂月は土佐藩の御馬廻役《おうままわり》百五十石の家に生まれ、軍人を志していた。しかし近視のため、あきらめざるを得なかった。政治家になろうとしたが、吃音《きつおん》なので弁が立たない。帝国大学で国文学を学び、文筆の道を選んだ。道別のように市民のために体を張る生き方は、桂月の夢であったに違いない。

もうひとつ、二人は好みが合っていた。

桂月は江口津《しん》の『心霊の研究』という本の監修を引き受けている。心霊や、神秘的な事柄に関心が深かった様子である。

こんなエピソードを書いている。

二人は日光に旅行をした。車中で向かいに腰かけた学生三人が、文芸講演会を拝聴しました、と言い、親しくなる。酒盛りとなる。

学生の一人が、桂月に乞う。「先生が人相を見られることは有名ですが、僕を見てくれませんか?」「よろしい。君は兄弟が多いね?」「当りました。九人です」「運動が好きらしいな」「当りました。野球の選手です」「君は食欲が強い相をしている。そして色欲も絶頂の時期、これを戒むる色あり」と告げると、隣の道別が、すかさず、「ニキビが多いからか」とまぜかえした。

道別の裁判が確定し、数日後に収監される。二人だけで別れの宴を張ろう、と桂月が花見に誘った。小金井の桜である。明治四十一年四月十八日のことである。『関東の山水』に、「花の小金井」という見出しで収められている。この中で道別について、次のように断片的に触れている。

『関東の山水』に出てくる挿話だが、桂月の人相学は若者たちに周知だったのだろう。

「この二三年以来、最も親しく交《まじ》りたる友なり。常に来《きた》りて余を訪ひ、時に相伴《あひともな》ひて、郊外に遊べり」「今、われと対酌する道別は、やがて数日の後に、獄に下らむ身なり。国文を修めて、可成《かな》りの物知りなり。我と同じく、四人の子を有す」「早稲田出身の中にても、ふるき人なり。我と同じく、四人れさきに東京遊行記《ゆぎやうき》を著すや、多く道別と共に歩けり。道別は市内の事にくはしく、われは市外の事に精《くは》し……」「一昨年の春、道別は、文芸講演会を起しけるが、近く第十九回を催したるの日は、春雨蕭々《せうせう》たりき」と、ここでも文芸講演会の創始者が道別と証言している(『閑日月』に、「文芸講演会の記」が収録されている。こちらの文章では第十六回が四十年十二月とあり、他の文に十一回が同年六月とあるので、回数と月数を合わせると、月一回の開催と判断される)。

道別のことは、どうやら『東京遊行記』に詳しいらしい。ところが「瓜の会」会員から送られた桂月著書の中には、見当らない。書名から、二東三文の本では無い。高知の会員のリストにも、この本は載っていない。東京の古本屋を探すべきだろう。

桂月と道別の共通項は、また、健康法への関心がある。当時、大流行した岡田式静座法を、二人は試みている。道別は息子たちに勧められて始めた。桂月は様々の健康法をひと通り試したあと、一種の運動を発明した。運動といってもきわめて簡単なことで、立ったままで、片足を代わるがわる後に蹴り上げるだけ。力を込めて踵《かかと》で尻を叩くようにし、足裏で強く踏む。両手も遊ばせずに、拳を握り、できるだけ強く前後に振る。下腹に力を入れ、時々、首を前後左右に振る。肥満の人は、下脚を曲げなくともよい。

この運動の効果は何か。まず、足熱を得る。「頭寒足熱《ずかんそくねつ》」は人間第一の健康法であり、かつ長寿法である。そして、かくすることで体中どこも運動する形になる。脚力が強くなり、腰も、腕力もきたえられる。膝関節の屈伸が自在になる。不眠症の人は眠れるようになる。

一時間ほど熱心にこの運動をすれば、山道を三時間登るに相当する。平地なら五時間歩いたことになる。室内にあって千里を踏破する。山を跋渉《ばっしょう》する。名づけて、登山式室内運動である。

夏は裸となり、冬はシャツとズボン下で行うがよい。畳の上より板の間が適当である。土間なら一層よい。土間で行う時は、仕上げに十数回、幅跳をせよ。

松本道別の著書は入手がむずかしいだろう、と覚悟していた。道場を開いていたなら、会員向けの通信パンフや講義録が出ているはずだが、会員が手離さないだろう。古書収集の分野で、最も厄介なのは小さな新興宗教の結社や、健康法愛好会の機関紙誌で、これらを創刊号から終刊号まで、欠号なしで揃えるのは難事といってよい。必要な人が限られるから、価値が定まらない。高価と思えないので、古書店主が疎略に扱う。

ところが道別の道場のパンフレットが、大阪の「瓜の会」会員から、突然、届けられたのである。

表紙が、無い。奥付も無い。破れた痕がある。七十八ページの小冊子である。一ページ目に、「学理篇」とあり、「人体ラヂウム学会長・霊学道場主範　松本道別講述」とある。

まぎれもなく道別の著作である。「人体放射能発見の動機及び研究の径路」これが見出しだった。「古い記憶を辿《たど》つて回顧すれば、予の思想には種々の変遷があつた」

なんと、道別の自伝である。文章によれば、道別は国学の家に生まれた。中学時代は自由民権運動にかぶれて、校長と衝突したことがあった。仏教の修行を思い立ち、京都の相国寺の禅堂に入った。早稲田大学を出てからは、国典の研究に熱中した。「極端なる本居《もとをり》流の復古神道主義で、攘夷論をさへ主張した。然るに其後、思想の変化や境遇の変化から、皇室中心社会主義と云ふことを唱道し、明治三十八九年の頃、猛烈なる社会運動を実行した結果」例の電車事件の主謀者とみなされ、前後三年の獄中生活を送った。

もっぱら仏典と漢文の勉強に打ち込む。しかし、真冬の監房は寒気が厳しく、耐えられない。冬着を要求したが、十二月の下旬になって、ようやく綿入が支給される有様、道別は感冒による死を覚悟した。

元来、少年時代からひ弱で、青年時代は「殆《ほと》んど病気の問屋」であった。中年になって（桂月と毎日散歩をしたせいか）多少壮健になったが、それでも冬はすぐ風邪を引く。だから獄中の厳寒にはお先まっ暗になったが、不思議に鼻風邪ひとつ引かない。

道別は静座瞑想した。なぜだろうか、と真剣に考えた。参考に生物学や進化論の本を読んだ。やがて次のような結論に達した。

人間はそもそも立って歩いたことが、間違いだった。立ったことで内臓を圧迫し、本来の機能を鈍らせた。立つことによって前足（手）に余裕を生じたので、発明といういたずらを始め、火を使うことを覚え、火食《かしょく》をするようになった。これによって胃腸の働きを弱らせ、身体の活気活力を失わしめた。

更に智恵を用いだし、石器などを発明し、他の動物を征服、衣をまとうことで寒気に耐えられない肉体となった。かくして人間は、自力自給で働かなければ、この世で生活ができぬ身の上となり、文化を創り自然を征服した、と誇示するが、自然の復讐は恐ろしい勢いで逆襲してきた。医学が進歩し衛生が行き届いても、人間は日に日に弱り寿命も縮まるばかりである。これは不自然的生活に対する天罰といってよい。一日も早く人間は自然に還り、自然的生活を励行しなければならぬ。

道別は以上のことを、「天帝赫怒的託宣《てんていいかりのたくせん》」と題して、論文にまとめた。

出獄後、自ら実践した。ただし、今更這って生活するわけにいかない。年中、裸で暮らすのもむずかしい。「唯《ただ》生食の一条のみは、さまで実行に困難でない」全く火食をよすわけにいかないので、なるべく生の物を食うことにした。獣の最強力者は熊で、昆虫類の最強力者は蟻である。しかるに熊が好んで蟻を食うのは、そこに何らかの理由がなくてはならない。恐らく蟻からエネルギーを摂取するのに違いない。こう考えた道別は、ひと頃、蟻を食っていた。

また長生きする鶴や亀が深呼吸をするという伝説は本当か否か、動物園へ行って確かめた。ライオンや熊が実際に深呼吸をするのを見て、深呼吸を行った。これは東京監獄未決在監中に、藤沢所長から勧められたのが、きっかけである。

その他に日光浴を行い、冷水浴も試みた。食後には這い回ったり、寝転んだりした。すべて動物を標準にし、なるべく自然生活を実行したのである。結果は、良好であった。

ただし、思っていたほど強健にはならない。動物は餌をあさる以外は、寝ている。何もしないで丈夫な体でいる方法はないか。

霊の作用、人体内の磁気作用。道別は研究の末、折から学界で騒がれだしたラヂウムに注目した。人間の体内に自然にあるラヂウム。心に思った形を写真フィルムに感光させる、心霊作用の一種の「念写」などは、人体ラヂウムの力ではないのか。

ラヂウム放射線は、水晶を変色させると本にある。道別は所蔵の不透明な「クズ水晶」を使って実験してみた。「奇なる哉《かな》、妙なる哉、手で握つてゐる部分が段々あかるく透明になつて来た」しめた、と小躍りし、強く息を吐きかけると、首尾よく透明になった。道別は不透明の水晶を買い集め、一カ月ばかり寝食を忘れて吹きまくった。水晶の質によって透明にならぬ物もあったが、おおむね、人体放射能の作用は、不透明の水晶を透明にすると断言してよい成績をあげた。また、ラヂウムは角砂糖に作用して褐色に変える、という件に関しても実験したが、これまた息《い》吹《ぶき》でその通りになった。

ただしこの二件だけでは、いかにも証拠が薄弱である。これ以上の試験となれば、ダイヤモンドや硫化亜鉛板を手に入れなくてはできない。相当に金がかかる。

ある日、京橋で「ラヂウム商会」という看板を見つけた。そこに「ラヂウム検定所」とある。どんなことをするのか、聞いてみた。ラヂウム鉱物や温泉・鉱泉などを、依頼に応じて検定する、という。道別は少々変った物だが頼めるか、人体内のラヂウムである、と話すと、林四郎という薬剤師の支配人が笑って取りあわない。道別は真剣に研究の一端を説いた。酔狂でないと知った林は、学術研究のためなら無料で検定しよう、しかし今日は雨天でだめだ、日を改めて来てくれ、と請《う》け合った。そこで道別は出直した。

ところが林は煮えきらない。道別は、「硫化亜鉛の蛍光板は無いか」と訊いた。「あるが何に使うか」と問う。「光るか光らないか、吹いてみたい」

すると二人の問答を耳に挟んだ商会員が、「そういえばかねがね妙に思っていたけれど、たしかに光りますよ」と言った。林も仕方なく蛍光板を貸してくれ、三人は暗室で試してみた。吹いた瞬間、蛍光を発した。掌を当てると、そこだけ光って残った。道別の喜びは筆舌に尽しがたい。

「時維《ときこ》れ大正六年三月二十七日の午前十一時である」

道別は嬉しさのあまり、新聞各社に吹聴した。まず国民新聞記者がカメラマンと共に来訪し、道別の談話と写真を翌日の新聞に掲載した。ところが他の新聞からは、何の音沙汰もない。実は東京朝日ほかの記者は、先にラヂウム商会を訪問し、林支配人に聞きただしたところ、「蛍光板を吹けば光るけれど、それがラヂウムの作用とは思われない」と否認していたのである。

ならば正式の実験をしてもらおうと、親しい東京帝大教授の和田垣謙三博士に、帝大総長への橋渡しを願った。和田垣は大町桂月の親友の一人である。道別は桂月と散歩の折、しばしば和田垣宅に立ち寄って酒盛りをしている。

時の帝大総長は山川健次郎である。山川からは、「大学の実験となると研究を是認した如く受け取られる恐れがある。教授個人の実験という形にしてほしい」と返事があった。

道別に、否やは無い。とにかく承諾してくれたのである。胸をときめかせながら、実験の結果を待った。

トンちゃんこと井本東一が、愛用の自転車に乗って訪れた。自転車で来たということは、国会図書館の帰りではない。中野のお店からか、と思ったら、前園《まえぞの》老人宅からこちらに直行したという。

「今日は何を買わされた？」

「今日は完全に道楽をしてまいりました」トンちゃんが笑いながら額に手をやった。降参、のしぐさである。

道楽をしてくる、は私とトンちゃんの間だけで通じる隠語だった。前園老人が、しろうと古本屋のトンちゃんに、そ知らぬふりをして、ガセ（ニセ）をつかませ、高く買わせる。それを承知で老人の言い値で引き取る。これが道楽でなくて何であろう。

そうそう、私たちは前園老人の正体をあばくつもりだった。私がトンちゃんの仲間を装い、一緒に訪問し、それとなく探りを入れる。そういう手はずだったが、私が考え直したのである。

もうしばらく様子を見た方がいい。性急に事を進めると失敗する。トンちゃんには悪いが、老人の鴨になってもらい、それを続けることで老人の蔵書がどんなものか、見えてくる。現在の段階では、果して老人が本当に蔵書家なのかどうか、わからない。トンちゃんを鴨にするつもりでなく、ガセの品しか持っていない客かも知れないのである。

「トンちゃんにだけ負担させない。おれも購入資金を出すよ。だからトンちゃんは当分、老人の言いなりに品を買上げてほしい」

「最後に、どんと、いっぺんに損金を回収するわけですね」

「そのようにうまく行けばいいけどね。ところで今日は何の道楽？」

東京電燈会社史と日本経済史以来、トンちゃんは二度ばかり、老人から買い受けている。どちらも大した品ではない。従って大損をこうむったわけではない。そこそこの損である。ということは、老人は古書の相場に通じている。私が同業者でないか、と推測した根拠はそこにある。

抜かりは無い。昔の古書業者名簿に当ってみた。前園の姓の業者はいなかった。古書収集者名簿（戦前はこんな名簿も作られていた）、趣味人名簿も調べたが、載っていない。「今日はこれなんですがね」トンちゃんが紙袋から古めかしいスクラップブックを三冊取りだした。「これ、五千円で買わされました」

「何のスクラップ?」受け取って表紙をめくると、黄ばんだ名刺が貼りつけてある。ぱらぱらと開いたが、すべて名刺だった。一ページに、十二枚から十五枚ある（昔の名刺は小型である）。さまざまの職業と肩書の、住所と電話番号から、昭和十年代の名刺と思われる。

「名刺なんて売れますかね」トンちゃんが、のぞきこむ。

「これ、預からせてくれないか。調べてみる」

個々の名刺のぬしより、これだけバラエティーに富んだ分野の人々と交際した人物は何者か。そちらの方に興味がある。

私はトンちゃんに松本道別の話をした。東京博覧会で幽蘭が呼びとめた、当時売出しの小説家は、大町桂月かも知れない、と臆測を語った。そして。

絶好の蛍日和《ほたるびより》ですよ

決め手となったのは、料理の内容でなく、蛍であった。

添木幸夫が料亭「さゞれ」に招待してくれた、そのお返しである。ご馳走になりっぱなしのままで、前々から気になっていた。『医心方』の真贋もうやむやにしたきりだし、トンちゃんではないが、幸夫に大きな借金をしているようで落ち着かない。幸夫と伸子から、ここ一カ月ほど連絡が無いのも、返礼無しの非礼を責められているようで気が揉《も》める。

トンちゃんこと東一と折半で、添木兄妹に食事をふるまおうという案は、「さゞれ」の豪奢な献立に見合う料理を考えると気が重く、一向に決まらなかった。赤提灯の飲み屋では伸子さんが二の足を踏むだろう、と東一が承知しないのである。

「案外わからないよ。お嬢さんが一人で入れないような店は、珍しがって喜ぶかも知れない」と私は庶民の店を主張するのだが、東一は地方人らしく、返礼の形はあくまで対等が無難、と力説する。これでは「さゞれ」級の料亭を探すしかない。

そんな時、伯父の法事から帰ってきたカミさんが、蛍狩の話をし、パンフレットを見せたのである。

「電車で一時間足らずの場所で、蛍狩よ。料理は炭火焼だけど、ほら見て。田舎家一軒を貸切りよ」

東京の郊外、高尾山の麓である。カミさんの伯父の墓所があり、お参りのあと登山口の料理屋でお清めの精進物をいただく。その店の帳場に置かれてあったパンフレットである。おそらく系列の営業なのだろう。

「なになに。高尾山口駅下車。循環バスあり、午前十時より午後十時まで、一時間三回運行。自家用車のご来園は、飲酒運転厳禁。代行車を承ります（有料）、か」

営業時間は十一時より二十二時。

「ということは、バスで一時間の距離にあるんだな。ずいぶん山に入るんだね」

年中無休。料理は鳥と牛コース、二種ミックスコース、お子様コースとあり。

園内には、山野草園、薬草園、椎茸園、合掌造りの民家、こけし収蔵館、地蔵堂、他見どころ多種。自由に見学、散策できます。

三人様以上で、一軒のワラ葺《ぶ》き民家貸切り（二時間。延長できます、三十分五百円）。

囲炉裏のある離れ家で、炭火料理に舌鼓を打ちながら、しばし山里の気分を味わってみませんか。東京から最も近い田舎です。

「コース料理は一人前三千円から、とある。料理と飲み物を頼めば、場所代はいらないらしい」

「都内で食事をするより安上がりじゃありませんか」カミさんが勧めた。

「ほら。これが魅力ですよ。六月十日より八月二十日まで蛍狩」

「お子様には一生の思い出になります、か」

喜んだのはお子様だけではない。まずトンちゃんが飛びついた。

「芳雅さん、『さゞれ』のお返しは断然ここに決めましょうよ。蛍狩。炭火焼。合掌造り。何という所です？　『なつかしい里』？　これが料理屋の屋号ですか？」

「広大な敷地に、十いくつもの民家が点在しているらしい。園の名称なんだろうね」

「早速、添木さんに打診してみましょうよ」

　伸子も幸夫も、行ってみたい、と二つ返事であった。二人とも、蛍狩に反応した。

　蛍を見るには、夕方以降となる。京王線の高尾山口駅に集合し、循環バスで「なつかしい里」に向うことに決めた。六月第二週の月曜日、午後五時に全員が揃った。私たち夫婦とトンちゃんが電車を下りると、改札口に添木兄妹が待っていた。兄妹は私たちと同じ中央線電車で高尾駅に着いたらしいが、そこで京王線に乗り換えた私たちと違って、駅前タクシーで集合場所に来たのである。

「なつかしい里」入口の事務所で、しばらく待たされた。園内の説明、料理の順番、飲み物の確認などがあり、幹事の私たち夫婦が対応した。トンちゃんたち三人は、大きな蛍狩のポスターを眺めている。ポスターには、竹久夢二の童謡が記されていた。「ほうたるほたる／提灯《ちょうちん》つけてはしる／堤《つつみ》の上を」うんぬん、という歌詞である。

「火事か喧嘩《けんか》か斬合《きりあい》か／横網河岸《よこあみがし》が大火事だい」

「こりゃ江戸っ子の蛍だな」と幸夫が笑った。

「なるほど。横網河岸は本所ですね」トンちゃんが、うなずいた。

　和服姿の娘さんが、離れ家にご案内します、と先に立った。

「こりゃいい。江戸の娘さんだ」トンちゃんが大仰に驚いてみせたので、私たちは吹きだした。娘さんの着物の柄は矢絣で、大奥のお女中風だった。お女中衆が、古風な田舎家に導いてくれたのである。

六時半を過ぎたのに、辺りは明るい。離れ家はあちこちにあって、障子戸が電灯の光で輝いている。子どもの声が大抵の家から聞こえた。平日というのに、結構塞《ふさ》がっているようだ。案内役の娘さんが、横道に逸《そ》れた。

槙垣《まきがき》に囲まれた一軒家に、入っていく。映画のセットまがいの家屋を想像していたので、本物の民家をそっくり移築したような、どっしりとした造りに、まず驚いた。玄関も、廊下も、炉を切った座敷も、ちゃちではない。柱も太く、黒ずんだ色は、年代を思わせる。

私たちは一様に突っ立って、しばし、あっけに取られていた。

「それでは料理をお運びします」娘さんが座卓の周囲に、五枚の座布団を上手に配置した。

「囲炉裏で食事をするわけじゃないんだ」幸夫が少しガッカリしたような声で訊《き》いた。

「こちらはま冬だけ使います」娘さんが苦笑した。「夏はお暑いですから」

「そりゃそうだ」トンちゃんが相槌を打った。

「虫が入り込みますので網戸はお開けにならないで下さいまし」娘さんが注意した。

「蛍はどの辺に現れるのですか？」妻が尋ねた。

「ここでは見られません」娘さんがこの先のせせらぎだ、と道順を教えてくれた。

「蛍の出る時間というのはあるのですか？」幸夫が訊いた。

「暗くなりましたら見られます」着物の襟元を合わせながら答えた。和服に慣れていないのだろう、しきりに帯を気にしている。

「蛍は、つまり、養殖かい？」と私。

「いえ。天然ものなんですよ」娘が胸を張る。

「よく聞かれますが、この辺では珍しくありません。年によって多い少ないはありますけど。今年は見事なようです。蛍合戦も、しばしば」

「蛍合戦って何ですか？」仲子が初めて口をきいた。

「蛍が」交尾、と言おうとして、あわてて言葉をのんだ。ロマンに水を差すのは野暮天の骨頂だろう。

「いくさのように入り乱れて飛ぶんです。きれいですよ」

「ご用の節は、この電話をおかけ下さいまし。トイレは廊下の突き当りでございます」

立ち去ろうとする娘に、おひねりをつかませた。困惑した表情で、おずおずと返してきた。

「お気持ちだけちょうだいします。いえ、決まりなんです。あとで叱られますから」

なかなか行き届いた施設だ、とカミさんが感心した。

彼女がチップを辞退したわけがわかった。料理を運んできた者も、飲料を提げてきた女性も、皆、矢絣の着物をつけていたが別人であった。しかも飲み物の追加を持ってきた女性も初めての顔で、ここでは一人が責任を負って何もかもこなしているのではないのだ。

焼き野菜の盛り合わせが前菜で、次に焼き鳥が出た。続いて山菜のてんぷらである。茗荷竹《みょうがたけ》と谷中生姜《やなかしょうが》、ドクダミの、それぞれのてんぷらが珍しく、絶品であった。

和牛のしゃぶしゃぶ鍋が始まる頃には、皆、アルコールが程よく回って、話もはずんだ。仲子もビールをコップに二杯ほど飲んでいた。そのせいか、口数も多くなった。

「あの」と私を見た。

「竹久夢二は、この辺にいらっしゃったのでしょうか」

「夢二？　さあ？　高尾山は描いていたかなあ。どうしてです？」

「さっきのポスターですね？」東一が仲子の手元に、ピーナッツタレの容れ物を滑らせた。仲子が、ぺこりと頭を下げた。

「私、今、夢二の最初の奥さんの事を調べているものですから」

「たまき、といいましたっけ？」東一が、うなずいた。「いわゆる夢二美人のモデルになった女性ですね」

「港屋という絵草紙店を開いて、夢二グッズを売る」私が東一のあとを受けた。古本屋は皆、夢二に詳しい。グッズが高価に売れるからである。

「離婚したあと、保母さんになろうとします」

「あっ、そうか。働く婦人ですね」

伸子は卒論のテーマに、社会に進出する婦人の発生と実態を選んだのである。来年が卒業予定だった。

「働く婦人になるより母になってほしい、と夢二がたまきに懇願します」伸子が言った。

「そういえば夢二と同棲するお葉という女は、絵のモデルでしたね。つまり当時の職業婦人だ。保母の話は、いつ頃？」

「明治四十三年です」

「幽蘭もその年ヌードモデルを志願しています」東一が言った。

「なるほど。人目につきそうな職業ばかり選んでいますね」添木幸夫が、うなずいた。

「それですよ」東一がビールを飲み干した。

伸子がコップに注ごうと壜《びん》を取り上げたが、空だった。もう一本は、ちょっぴりしか入っていない。カミさんが電話で追加注文した。

「その、人目につきそうな職業だけを、彼女はつまみ食いしているんです。そう、まさに、つまみ食いです。モデルも、たった三日でやめてしまいます。ヌードモデルを志願したのに、ヌードにさせてもらえなかった、というのが理由です」

「新聞にはモデルになった幽蘭という記事と、モデルをやめた幽蘭という記事が、たて続けに出たそうです」私が引き取った。

「昔の報道は律儀なんですね」幸夫が笑った。

「それなんですがね」私はトンちゃんを、うながした。「どうだろう、あの話を添木さんに判断してもらっては？」

「だけど、あれはおれのあくまで独断ですから」柄になく、尻込みする。

「何ですか？」幸夫がトンちゃんと私を見くらべた。

「いやね、トンちゃんが面白い発見をしたんです。しばらく国会図書館に通って、明治四十年から数年間の、幽蘭の行動を追って統計を取ったんです」

「ほほう。統計？」幸夫が興味を示した。

「いや、そんな大げさなことじゃないんです。幽蘭の記事を拾いあげているうちに、妙な偶然に気づいたんです」トンちゃんが、額に手をやって「参ったな」というポーズをした。照れ隠しである。

「幽蘭の消息に注目して、そうですね、たとえば今お話ししたモデル志願の記事後の、数日間の社会の動きを、丹念に読んでいたんです。それはむろん幽蘭の続報を探すためですが、妙なことに、寺の仏像や宝が盗まれたとか、骨董店が荒らされたとか、コレクターの大事な収集品の一部が紛失したとか、そのような事件が起こっているんです。幽蘭の突飛な言行記事の、大体翌日にです」

「トンちゃんが一覧表にして私に見せてくれたんだが、表にして見ると、いちがいに偶然とも思えないんだな、これが。今日持ってくれればよかったな」と私は悔やんだ。説明するより、一覧表に目を通してもらった方が早い。

「でも」幸夫が言った。「泥棒とか紛失などの事件は、毎日必ずどこかで起こっていることで、幽蘭の行動とは関係ないのじゃありませんか」

「そうなんです」トンちゃんが大きく首をガクガクさせた。「怪しいと思うと、何でも怪しく見えてしまう。それですよ」苦笑した。

「だけどトンちゃんのいつぞやの推理は、ちょっとショッキングだったよ」私は、あおった。

「何ですか？」幸夫が身をのりだした。

「いやいや。何の裏付けもない、思いつきですよ」トンちゃんがあおぐように右手を振る。

「気になるな、聞かせて下さいよ」

「つまりね」私が代わりに答えた。「幽蘭の言行は暗号じゃないか、というのがトンちゃんの推理です」

「暗号？」

矢絣のおねえさんが、ビールとジュースの入った桶を提げて入ってきた。初顔である。話が中断する。カミさんが蛍狩の様子を訊ねた。

「今夜は風が無いので、絶好の蛍日和《ほたるびより》ですよ」

やや年輩のおねえさんである。

「お出かけの際は、この家の番号をお忘れなく。同じような離れ家なものですから、大人でも迷い子になります」

「大人の迷い子、か」私たちは大笑いした。

おねえさんが去ると、新しいビールで改めて乾杯をした。

「暗号ですが」幸夫が続きをうながした。

「つまり」私が語った。「たとえば、文化財のみを狙う窃盗団というものがあって、一味に犯行日を教える。まあ、彼らが全国あちこちに散らばっていると想定してですね、その連絡方法が新聞の幽蘭消息ではないか、というのがトンちゃんの、卓抜な推理でして、暗号は幽蘭その人というわけです」

「幽蘭は一味の一人だと？」幸夫が大げさに目を剝《む》いた。

「思いつきですよ」トンちゃんが苦笑する。

「根拠は何もありません。ただ、なぜ幽蘭という女性は、何でもないことで新聞記事になるのだろう、と素朴な疑問を抱いたんです。格別の事件を起こしたわけでもない。最初の頃は些細ないざこざや、奇矯な言葉で人を煙に巻いていますが、そのうちネタにこまったか、人目につきそうな職業に次々とつくことで、新聞記者の関心を引く。職業というのは、誰もが興味を持ちますから、まして新しい職業は恰好の宣伝材です。事の決行日や場所を通知するのに、新聞はすばらしい道具ではないでしょうか」

「文化財窃盗団、ですか」幸夫が考え込んだ。

「たとえば、ですよ」トンちゃんが、あわてて否定する。「これこそ思いつきの例です」

幸夫が語りだした。

例の『医心方』巻二十八の一件である。入院中のおばが、出所を打ち明けてくれた。「さゝれ」の顧客の河井某がもたらした品という。

河井は外国に出かけては、外国に流れた日本の書画骨董を買いつける仕事をしていた。河井が亡くなったあとで、ドイツから河井あての郵便が届いた。

それは河井がドイツ国内で購入した品を、ドイツ人に預けた、その契約期限がまもなく切れるという通知であった。再契約をするか否か、その場合、契約料はこれこれで倉敷料はかくかく、と細かに示されている。

幸夫は伯父の大郎《だいろう》に、その書類は保存されているかどうか訊いた。

「あれか。あれは、お前の親父が売っちまったよ」

「売った？　どなたに？　売れたんですか？」

「皇太子ご成婚の年だったよ」

昭和三十四年である。幸夫は中学一年生だ。

河井の同業者が、是非譲ってほしい、と懇願し、少なからぬ金額を示したので応じたという。

「その人は河井の預け物に賭けたんだよ。べら棒な預かり料だから、よほどの品物に違いないとにらんだのさ。品物を引き出せば儲かる、と踏んだ。河井の預け先は調べたら、ドイツの古城の城主だというんだ。なんでも古城街道の城の一つという話だった」

仮りにBと呼ぶ。Bはつてをたどって、大学の助教授がハイデルベルクに用事で出かけると聞き、城主への執《と》り成《な》しを頼んだ。その助教授は自分のことで手いっぱいだと断ったが、ハイデルベルクに遊びに行く大学生を紹介してくれた。金は無いが暇はたっぷりあるという大学生は、簡単に引き受けてくれた。しかし、ちゃっかりと手数料は足元を見た額を要求した。

何でもハイデルベルクの先の町にある城で、学生は城主に会えたのかどうか、恐らく支配人かその下の者と話したのだろうが（学生はBにはむろん主人と直接会見したと報告している）、要するに品物は河井の委任状が無いと渡せぬ、との返事だった。

Bはその辺は計算ずみで、委任状はどうにでもなる、まずは倉敷料の更新だけをすませておこう、とそのように計らった。

期間は十年とのことだった。

「委任状の作成では、お前の親父とBがすったもんだのやりとりをしたのを知ってるよ。河井は故人とはいえ、河井の印鑑を使うわけだからね。更新は規定の金さえ払えば、それでオーケイだが、死者の委任状はあとで問題になるのではないか、と弟はずいぶん心配して、店のお得意さんの誰彼に相談していた。弁護士も、司法書士もいたからね。そんなこんなをしているうちに、Bが客とのトラブルが原因で、まあ金のもめごとだけれど、自殺してしまったんだよ」

「自殺を。それで河井さんの預け物は？」

「Bの息子が金にこまって、城主の預かり証を売ってしまった」

「売れたんですか？」

「河井やBの仲間が買った。この人は品物が目当てじゃなく、預かり証の転売だ。更新料を払って権利を高く売る手を考えた」

もしかして逆じゃないですか

鮎の塩焼が出て、伽羅《きやら》蕗《ぶき》が出た。山蕗を醤油で、美しい焦茶色に煮てある。

「河井さんはどのような骨董品を扱っていたのですか?」

幸夫が語り終えると、トンちゃんが質問した。さあ、と幸夫が当惑げな表情をした。

「伯父もおばも関心が無いものですから、ただ古い物というだけで、具体的に知らないのです」

「高価な品だったのでしょうか」私が聞いた。

「その辺も」幸夫が申しわけなさそうに首を振った。

「同業者に人気があったといいますから、珍しい品が多かったのは間違いないと思います」

「だからこそ河井さんの預け物が何であるか、内容がわからないのに、預かり証に価値がついたわけですね」

「預かり証は、現在どうなっているのですか?」トンちゃんが蓼酢《たでず》に鮎を浸した。

「河井さんの仲間が持っていると思います」

「十年が期限でしたね。昭和三十四年に更新したとすると、昭和四十四年で切れる。そこで再更新をしたのでしょうか?」と私。

「たぶん、預かり証の持ちぬしがしたと考えます。しないと、預かり証が無効になりますからね。商人はその点は抜かりがないはずです」

「考えてみると、滑稽きわまる話ですね。何の裏付けもない一枚の紙きれを、高額でひそかに取引しているんですから」トンちゃんが、蓼酢にむせた。

「こうも考えられる」私が引き取った。「誰も品物を知りたくないんだよ。現物を見たくないんだ。こわくて」

「夢を見ていた方がいいわけですか」トンちゃんが苦笑した。「その気持ち、わからないでもないなあ。夢二式だな、オレも」

「夢二の名は夢見る人から付けたのですか？」

伽羅蕗に箸が進んでいた伸子が、ふいに口を挟んだ。

「あ、いや」トンちゃんが、うろたえた。「夢二の場合は、尊敬する洋画家の藤島武二にあやかった、と美術史にありますね。つまり武二をムジと読んで、ムに夢の字を当てたと。夢二の本名は、茂次郎《もじろう》ですよね？」

「はい」伸子が、うなずいた。「藤島武二って、お葉さんをモデルに使っていました」

「そうそう。そのお葉さんが夢二と同棲するわけです。偶然だろうけど」と私。

「藤島武二で思いだしました」トンちゃんが、まじめな顔をした。「彼は最初の文化勲章受章者の一人です」

「そうそう。横山大観も確か入っていたよね？」と私。

文化勲章は昭和十二年二月十一日の紀元節に制定された。第一回の受賞者は、長岡半太郎、幸田露伴、佐佐木信綱、木村栄《ひさし》など九人で、画家が四名入っていた。藤島、横山の他に、竹内栖鳳《せいほう》、岡田三郎助《さぶろうすけ》である。

「この間、クイズ出題者グループの、ほら、あなたたちもお会いになった丹野から頼み事がきたんです」

「ああ、あの腹話術の？」幸夫が思いだし笑いをした。伸子も、頰笑んだ。

「問屋《といや》グループでしたっけ？　洒落た名称ですよね」

「設問の問《とい》です。丹野から文化勲章受章コメントを集めてくれ、と依頼されましてね。オレも幽蘭でお世話になりましたから、お返しに国会図書館に通って、古い新聞を繰りました。コメントは新聞で調べるしかない」

当然、第一回から見てみた。読みながら、談話というものは新聞によって異なるはずだ、と気がついた。何紙も比べ読みした。

「するとですね」トンちゃんが、ビールで舌を湿らせた。「何という新聞だったか忘れましたが、いや、紙名はメモりました、今にわかに思いだせないのですが、その受章者発表の紙面に本荘幽蘭が出ていたんです。文化勲章を掲げた幽蘭の写真が」

「えっ？」と私と幸夫は腰を浮かした。

「トンちゃん、それ本当？」私はこの話を聞いていない。

「文化勲章はむろん作り物です。本物はこんなデザインですよ、と読者に知らせるために撮ったと思うんですが、むしろ出たがり屋の幽蘭が新聞記者を集めたのが真相でしょう。京都御所の正門前で、マンホールの蓋くらいの、手製らしいレリーフらしき物を胸の前にかざしているんです。笑いながら」

ちなみに文化勲章のデザインは、紫宸殿《ししんでん》の前の右近の橘《たちばな》と、仁徳を象徴する勾玉《まがたま》を表わしている。

「でもね芳雅さん」と私を見た。「オレがびっくりしたのは、その翌々日の新聞記事ですよ」

「幽蘭を非難する記事が出た？」

「いや、そうじゃなく、十二日に東大寺三月堂のご本尊の宝冠が盗まれたんです」

正式には、不空羂索観音像《ふくうけんじやくかんのん》の宝冠の、化仏阿弥陀《けぶつあみだ》銀像である。むろん、国宝である。

「十三日の朝、紛失に気づいたそうです。十二日の午後十一時までは異常がなかったそうですから、犯行はそのあとですね」

「幽蘭の暗号、ですか」幸夫が声をひそめた。

「たぶん、偶然でしょう」トンちゃんが照れ笑いをした。「オレが驚いたのは推測が適中したからでなく、窃盗の大きさです。何てったって、国宝ですよ。国宝泥。事の重大さを犯人たちは承知で行ったわけです」

「でもすぐ捕まったんだろ？　国宝なんて売りようがない」と私。

「それが全くの迷宮入りです」トンちゃんが玄関を気にした。矢絣の女が二人、食事を運んできた。

「昭和十七年の暮れまで、しらみつぶしに新聞に目を通しましたが、検挙の記事は見つかりませんでした。戦況記事ばかりで」

「外国に売ったんだ」私はたった今浮かんだ推理を披露した。

「国内では売れない。すぐ御用になる」

「なるほど」トンちゃんと幸夫が合点した。

「あの、よろしいですか」女が会話を遮った。

「お食事はこれが締めでございます。こちらは五平餅《ごへいもち》でございます」

平べったい餅、というより、ご飯を伸《の》し味噌をまぶして焼いた物である。

「お吸物は山菜が具になっております。それからデザートは、山葡萄《ぶどう》のシャーベットでございます。なお五平餅はおみやげもございます」

あっちの水は苦いぞ。垣の外を子どもたちが囃しながら通る。ホー、ホー、ホウタル来い。

「蛍が出たようですよ」カミさんが告げた。

「今晩は少し蒸しますから、喜んで飛びますよ。風が全く無いし」

配膳の娘さんが蛍の代弁をした。

「そう。それじゃ早く食事をすませて出かけよう」私は五平餅を手に取った。釣られて一同も倣《なら》う。二人の娘さんがコップや甖《びん》を、片づけ始めた。

蛍の棲息場所は、かなり山を下るようである。しかし客は多く、道は結構広い一本道なので、迷うことはなさそうだ。等間隔で足元を照らす明かりが置いてある。

カミさんと伸子が肩を並べて先を、そのあとを私ども男三人が斜めになって歩いた。背後から家族連れが近づくと、一列になり道を譲った。

「ねえ、お父さん。蛍は何で捕まえるの？」

男の子が足早に近づいてきた。

「捕まえないよ」とこれは父の声である。

「だって蛍狩でしょ？　捕るんじゃないの？」

「昔は捕まえたんだろうけど、今は保護しなくてはいけないんだ。少なくなったから」

「じゃあ、蛍狩って言うの変じゃない？」

父と子が私たちの横を追い越した。

「ミカン狩だって、サクランボ狩だって、皆、採るよ」

「うん。だけど紅葉狩は、紅葉を取らないよ。眺めるだけだ」

「つまんないの」

「とらないで眺めるのが、いいんだ」

父子の声が遠ざかった。

「蛍狩って、捕らないんですね」先を行く伸子が、笑いながら振り返った。「私、てっきり」

「実はオレも」トンちゃんが応じた。「たくさん捕まえてやろう、とはりきっていたんだ」

「蛍はね、手でつかむとくさいよ」私は子どもの頃の話をした。

「足元の草むらで光るのは、蛇の目だから気をつけろ、と注意されてね」

「おお、こわい」伸子がおびえた。

「点滅しないで光るのは蛇だって教えられた」

すぐ近くで大勢の声が聞こえる。道はやや急な下りである。私たちは滑らないよう用心しつつ、歩いた。

「あ」と私は足を止めた。

「どうしました?」幸夫が立ち止まった。トンちゃんが振り返った。伸子とカミさんは先に行く。

「いやいや、さきほどの話」私は幸夫の顔を見た。「河井さんはドイツの古城に、骨董品を預けていた、といいましたね?」

「ええ。由緒のある古城らしいです」

「その品は外国で河井さんが買い集めた品?」

「伯父の話ではそのようです。外国にあった日本の古い品」

「もしかして、逆じゃないでしょうかね。ふと、今思ったんです」

「逆、といいますと」

「日本から持ち出した品です」

「東大寺三月堂本尊宝冠など？」トンちゃんが大きな声を発した。私は唇に指を立てた。

若い男女のグループが、笑いながら通り過ぎた。トンちゃんが、額に手をやった。

幸夫が前後を見回してから、声を低めて言った。

「日本から国宝が消えた謎、ですね」

「古城主にいったん預かってもらう」私が続けた。「ほとぼりがさめるまでの間」

「オレ、明日、図書館に行って、国宝の行方を追跡してみます。昭和十八年一月以降を」

私たちは歩きだした。伸子とカミさんの姿は見えない。

やがて、小ぢんまりとした広場に出た。客たちは皆そこに集まっていた。

「どうやら、ここから蛍を観賞するみたいですね」トンちゃんが広場の外れを顎で示した。

人だかりがして、盛んに、すごい、きれい、などと声を上げている。広場のぐるりには柵がめぐらされていて、客は柵の下の暗闇に視線を送っているのである。

掲示板があって、そこにだけ外灯がついている。注意書きであった。

「ホタルは捕らない。殺さない。草むらに入らないこと。カメラのフラッシュは厳禁。大声を出さない。お子様の手を引いていること。ゴミは持ち帰って下さい。暗いので十分気をつけて下さい。禁酒禁煙にご協力願います。美しい川、水、草むらを大切にしよう。なつかしい里」

掲示板の横には、ベンチが設けてある。私はくたびれたので腰をかけた。トンちゃんと幸夫は人だかりの方に行った。

程なく、がっかりした顔をして戻ってきた。

「何のことはない。黄色い光が、数えるほど見えるだけです」トンちゃんが報告した。

私は笑った。「トンちゃん、蛍ってそんなものだよ。どんな風に想像していた？」

「クリスマスのイルミネーションのように、辺り一帯、あざやかに光り輝いているのかと」

「トンちゃんは田舎の小学校で教えていたんだろう？　蛍は見たことなかった？」

「オレのいた所は工場の排水で、川が汚染されてしまって、蛍の餌になる巻き貝のカワニナが、全くいなくなってしまったんです」

「じゃ生徒たちには、蛍はイルミネーションのように七色に光ると教えたわけ？」

「七色とは教えませんよ」トンちゃんが苦笑しながら、ベンチに座った。幸夫もその隣に掛けた。

「わっ」トンちゃんが急に立ち上がって、顔の前を払う。

「芳雅さん、凄い蚊ですよ、ここ」

「あかりの下だからねえ」

「芳雅さんは平気なんですか」

「珍しいじゃない？　蚊だの虫だの寄ってくるなんて。都内じゃ味わえないよ」

あら？　と背後からカミさんの声がした。

「蛍狩しないんですか？　そんなとこに集まって」

「そんなとこって、あなたはどこに行っていたの？」

突然、暗闇から現われたのである。

「そこに下に行く道があるんですよ」

「えっ？　この下にも行けるんですか？」トンちゃんがカミさんの指さす方を見た。

「ええ。ここよりも狭い広場があります。伸子さんはそちらで観賞しています。目の前で蛍が飛び交《か》っていますよ」

「大分、下りますか?」幸夫が聞く。

「少しね。急な坂道ですから、こわいですけど」

「オレ、行ってみよう」トンちゃんがそちらに向った。

「子どもさんはご遠慮下さい、って掲示板にありますね」幸夫が言った。「大人限定の道だ」

「行きは下りだけど、帰りは上るわけで、おれはやめておこう。ここからさっきの十一番の家に戻ることを考えただけでも、しんどい」

「あたしは伸子さんが心配だから、もう一度行くわ」

「奥さん、一緒に参りましょう」トンちゃんが振り返った。

「私は残ります」幸夫が頭を下げた。

パパ、源氏蛍と平家蛍って、どう違うの?　と野球帽の小学生が両親と語り合いながら、ベンチの前を過ぎた。どう違うんだろうねえ、とパパが答えている。

「さきほどの件ですが」

ベンチに腰を下ろした幸夫に、私は話しかけた。

「窃盗団が盗品をドイツの古城に隠す、という推理ですか?」幸夫が私を見た。

「ええ。ずっと考えていたのですが、河井さんがドイツで買い付けた品を、高い倉敷料を払って預ける、ということが腑に落ちないんです。十年もの期間、寝かせておくという意味が。寝かせるメリットがあるからなのでしょうね」

「メリットですか」

「寝かせておく方が有利、というより、預けておかざるを得ないのではないのかな。それはつまり、日本に持ち込めない品というわけで、ほとぼりがさめるまで隠しておくのでは？」

「日本で盗んだ品だからというわけですね」

「添木さん」私は幸夫を見た。「おれは今、とても恐ろしいことを考えていたんですよ」

「何ですか？」幸夫が息をのんだ。

「ここだけの話ですよ。伯父さんやおばさんには言わないで下さいよ」

「言いません。窃盗団ですか？」

「トンちゃんが作成した事件の一覧表を見ますと、奇妙に幽蘭記事のあと事件が発生している。その事件も、文化財関係です。仏像の盗難、名画の紛失、刀剣商や古銭商が襲われ強奪されたり、そうかと思うと他方の旧家の蔵がこじ開けられたり、偶然にしても、古物という点では共通している」

「河井さんが一味と？」

「いえいえ」私はあわてて、かぶりを振った。

「一味とは言いません。何らか事情を知っていて、日本からドイツに運んでいたのではないかと」

　幸夫がポロシャツの首のあたりを、ぴしゃ、と叩いた。藪蚊である。

「河井さんの同業者も、うすうすご存じじゃないのかなあ。預けた物の正体。だからこそ、証書の売買をしていたのではないですかね。売る方も買う側も、価値を知っての取引でしょう。倉荷証券みたいなものじゃありませんかね」

　幸夫が黙り込んだ。気を悪くしたのか、と私は急いで話題を変えた。

「いつぞやトンちゃんがお客さんから名刺帖を購入したんですがね」

「名刺帖？」

「いや、そんな題の本じゃなく、ほら、我々が名刺をスクラップ帖などに貼って整理するじゃないですか、あれです。戦前の、昭和十年代の名刺なんですがね」

「有名人の？」

「いえ、二、三人、私が本で知っている翻訳家や大学教授の名刺はありましたが、大半は会社員、商店主の物ばかりで。面白いことにスクラップ帖の表紙に日付がありましてね、この日付を信じると、持ちぬしは一日のうちに何百人もの人から名刺をいただいたことになるんです」

「何百人も？　何者ですか、そのスクラップ帖のぬしは？」

「どういう職業の人だと思います？　いっぺんに何百枚もの名刺を集められる人って？」

「いろんな会社や商店ですか。いっぺんに？　商工会議所とかそんな関係の人ですか？」

「もしかして、警察関係の人でないかと見当をつけたんですがね」

「警察？」幸夫が黙った。ややあって、全く違うことを言った。

「さきほどの倉荷証券ですが。いや、仮にそう名づけましょう、河井さんの預け荷です。現在の証券所持者を知っているんです」

「ほう。やはり河井さんの仲間ですか？」

「伯父です」

誰か倒れている！　広場の下方で悲鳴が上がった。私と幸夫はギョッとして立ち上がった。

特高が押収した物かも知れない

新潟県下の「瓜《うり》の会」会員Sさんから、電話で問い合わせがきた。

「芳雅堂さん、ひとつ教えて下さい。古い本なんですけど、どうやら内容は春本らしいんです。これ、販売しても構わないでしょうかね。ガリ版刷の、表紙の無い本なんです」

Sさんは、トンちゃんこと井本東一と同じく、小学校教師をやめて古本屋になったばかりの人である。大病をしたため、やむなく転職したとの話だった。トンちゃんと同世代らしい。三十代初頭の人の言う古い本とは、たぶん戦後まもない頃、飲み屋街や温泉街の暗がりで、小声で通行人を呼びとめて売りつけていた、粗悪な春本の類だろう。

「それがですね、むずかしい文章なんです。漢文を読み下したような文章で、これ、学術書かなあ」

「表紙が無い？」

「ええ。布を切って貼りつけてあります。これは手製の表紙ですね」

「むろん、書名も無いね？」

「ええ。本文には『独自的房中術』とあります。これが書名かなあ。あれ？　これ、百十九ページから始まっている」

Sさんが頓狂な声を上げた。

「特定の部分だけ切り取って、自分でこしらえた本ですよ、きっと」私は苦笑した。いわゆる軟派本では、よくあることである。タイトルから推察して、うぶな若者相手の、インチキ性愛書であろう。

「販売してもお咎めを受けない本だと思うけど、果して売れるかなあ。前半が無いし」

「奥付も無いんですよ」とSさん。

「きっとこうだと思う。面白い性愛書ありの雑誌広告を見て、地方の若者が注文する。送られてくるのが、奥付の無い怪しい本です。内容がきわどいようで、実はそれほどでもない。『独自的房中術』が笑わせるじゃありませんか。秘密めかしく、わざと孔版刷にしたんでしょうね」

Sさんが電話口で、ひとりごとを言っている。朗読しているのだ。私は聞き咎めた。

「Sさん、それ、本文？」

「ええ。こんな文章の本なんです」

「もう一度、最初の方をゆっくり読み上げてみてくれる？」

「お安い御用です。『洞玄子《どうげんし》』にいわく、およそ初めて交接するの時は、先ず坐してのち男は左に女は右に臥し——」

「Sさん」私は思わず叫んでいた。「そこの部分に、タイトルは無い？」

「臨御《りんぎょ》第五、とありますね？　何の意味ですかね、これ？」

間違いない。『医心方《いしんぼう》』巻二十八房内《ぼうない》の、本文である。

幸夫に依頼されたのを機に、この関係の本を集めて、片っぱしから読んだ。そこでわかったのだが、巻二十八房内篇の完訳というのは、昭和四十二年十一月に、至文堂から出版された宮内庁書陵部蔵本を底本としたものが、最初なのである。

至文堂は昭和十一年より、「国文学　解釈と鑑賞」という専門誌を、月刊で発行している。昭和三十九年十月に、「秘められた文学」という臨時増刊号を出した。江戸三大奇書の一つといわれる「はこやのひめごと」や、「大東閨語」、それに永井荷風作と伝えられる秘稿「四畳半襖《ふすま》の下張」などを収めた、二百五十ページの特集号である。むろん、全文を公開したわけではない。

当時は猥褻《わいせつ》な描写に対して厳しい時代だったから、こういう内容ですよ、と差し障りのない一場面を紹介したに過ぎない。学者による解説で売ったのである。

しかし、この臨増号は読者に歓迎された。そこで至文堂は昭和四十二年四月に、「続秘められた文学」を、これまた臨増号で発行した。この号の巻頭に、『医心方』房内篇が取り上げられたのである。解説が杉靖三郎、訓読が飯田吉郎で、房内篇全三十章のうち、十三章が紹介された。画期的であったのは、ノーカットで発表されたのである。

Sさんが電話口で朗読した、「臨御第五」の章も、出ていた。私はこの雑誌で初めて、『医心方』を知り、房内篇の内容を学んだのである。私が驚駭《きょうがい》したのと同様、一般の読者もまた度胆を抜かれたらしい。この号も大いに売れた。

たぶん、それに気をよくしての企画であったろう、至文堂は『医心方』房内篇の全訳本を刊行した。訓読は雑誌同様、飯田で、こちらの解説は石原明である。単行本がユニークであったのは、東京芸術大学の高田正二郎筆による体位図を添えたことである。難解な文章の意味が、男女合体の姿態（両者を上と下に分けて描いてある）によって、たちどころに理解できる仕組みであった。この本も大変売れたようである。

私はSさんに、さしつかえなかったら、『独自的房中術』を読ませてほしい、と願った。

「なあに、進呈しますよ」Sさんが快諾した。

「私の店では売りようがない。役に立つなら嬉しいですよ。どうぞ活用して下さい」

Sさんは速達便で送ってくれた。

今、その本を適当に開いては、拾い読みしている。

何と言うか、思っていたより「まじめ」な内容なのである。紙質といい、孔版の文字といい、戦前の本と推し量れるが、たとえば青年の自慰は害ではない、四日に一回ぐらいは実行するがよい、と勧めている。今日の衛生学者は手淫を罪悪視して、自瀆《じとく》などという語を以て青年を脅かすけれど、そのため心理的恐怖心から神経衰弱に陥るのである。うんぬん。

任意にページを繰っていたら、「臨御第五」の小見出しにぶつかった。Sさんが朗読した個所である。これが例の『医心方』房内だな、と急いでページを遡ってみた。冒頭部分であった。しかし、タイトルは、「医心方房法」とある。でも、「従五位行・鍼《はり》博士・兼丹波介・宿禰《すくね》　丹波康頼撰」とあるから、『医心方』房内篇に違いあるまい。その横に、現代文に訳した者の名が出ていた。

私は、えっ、と思わず、のけぞった。あわてて、顔を紙面に近づけた。「松本道《まつもとち》別《わき》訳」とあった。何度確かめても、この名であり、この文字である。

松本道別は、こんな所に居たのか。ひとりごとが、出た。

『医心方』房内篇は、至文堂版より前に完訳が出ていたのだ。しかも、完訳者（この本には房内篇の全文が収められている）は、なんと松本道別である。

私は本書の冒頭から読んでみた。一章目に、「西王母《せいおうぼ》大仙《だいせん》と我霊学道場」の見出しがあった。名は出ていないが、「我霊学道場」というのは、松本の道場を示すのだろう。してみれば、この本の著者及び発行人は、松本道別に相違ない。

本書を製作した動機らしきことを述べている。

それによれば、「我輩が昨年大本教を攻撃し、続いて仏教、就中《なかんづく》神畝二宗たる真宗と法華を猛撃した為に、邪霊悪魔どもの包囲攻撃を喰《くら》ひ」、わが道場の幹部の大半が、「誘惑されて離叛し去り」、そこに猛烈な不況である。道場は閑散として、維持するのが困難となった。

この時、天の一方より救いの手が伸べられたのである。それが、「中亜崑崙山《こんろんざん》の西王母大仙」であった。というのだが、要するに、西王母大仙なるものの託宣により、房中術の秘伝を教えられた、それをごく一部の会員に通知したところ、多大の共鳴を得た。かくて危急存亡の秋《とき》にあったわが道場は、蘇生し活気づいた、「執筆に臨み不思議に斯道の珍籍の多く入手せしことや、将《は》た又難解なる熟語の出典の容易《たやす》く発見されて正確なる解説を得られたことは、凡《すべ》て神仙界から冥助の致す所と深く感佩《かんぱい》して止まぬのである」

Sさんから電話が来た。「芳雅堂さん、片割れが出てきましたよ」

「片割れ？」

「お送りした本の前半部分です。持ちぬしが一冊を二分冊にしたんですね」

「なるほど」

医心方の房内篇を独立させて所持したかったのだろう。あるいは全二百八十八ページの本だから、単純に読みやすいように、ほぼ半分に分けて製本したのかも知れない。人の目を気にして読む春本は、作り変えられたものが多い（何の本かわからぬよう表紙を変えてしまう）。

Sさんが速達で送ります、と受け合った。「ああ」と何かに気づいたような声を上げた。

「芳雅堂さん、この本のタイトルがわかりましたよ。増訂延年益寿秘経《えんねんえきじゆひきよう》、というんです。序文がありますす。ええと、本書第一刷には、とありますから、きっとずいぶん売れた本ですね」

「なるほど。それで増補とついているわけだ」

「ああ。この本の発行年が出ていますよ」

「えっ。序文にあるんですか?」

「ええ。序文の末尾に、こう書いてあります。昭和七年四月二十五日　霊学道場に於て　松本道別識」

「すると、この本は大っぴらに販売されたんだ。秘密出版ではないんだ」

「いろいろ書いてあります。とにかく送りますから、ゆっくりお調べ下さい」

Sさんは最近、古いお屋敷からひと口買った本の中に入っていたものだ、と打ち明けた。

「得体の知れない本ばかりなんです。芳雅堂さん、また教えて下さい」

「Sさん、松本道別関係が出てきたら、除《の》けておいて下さい。道楽に高くいただきます」

ひひひ、とSさんが妙な笑い声を発した。

松本道別は本書を出版するに当って、何度も弁解している。房中術の指導を以て、道場の運命を一転回せよとの、西王母大仙の御主意に間違いなく、自分も考えた末に、遂に神裁を仰いでこの伝書を著《あらわ》し、伝授を開始した次第である。「皇神道の顕揚を以て一代の使命と自任する我輩が、房中術伝授を開始するとは、よく〱の事情あるものと御諒察を願ひたい」

「伝書」は一般に販売したのでなく、あくまで霊学道場の会員にのみ頒布したものと思われる。

「面白い紙クズは入りましたか?」

「わっ。びっくりしました」

目の前に、松本克平さんが立っていた。

「客に驚くようでは、あなた、店番の資格はありませんね」ニコリともしないで言う。

「恐れ入ります」

「熱心に、何を読んでるんです？」

「医心方房内篇の、戦前の読み下し文なんですが」

ざっと、かいつまんで説明した。訳者の名を告げた時、目の前の客が同姓であるのに気がついた。今まで考えもしなかったことである。

「まさか、関係は無いですよね？」

「私の芸名のいわれは、以前お話ししたはずだが？」

「そうでしたよね。いやあ、偶然に驚いたものですから」

「軟派本では私の先輩、佐々木孝丸《たかまる》が有名ですよ。艶本『ファンニー・ヒル』の初訳者です。左翼の組合からカンパを頼まれた佐々木が、変名出版を条件に一夜で翻訳したんです。ところが本名で出版された。昭和二年のことです。佐々木は逮捕された。君は赤い芝居の闘士で有名だが、桃色の方もやっているんだな、と刑事にからかわれたそうだ」

克平さんは、こんな話もした。佐々木孝丸は通信生養成所に入り、十五、六歳の時に、神戸本局で勤務して、そのあと東京赤坂の電信局に勤めたのだが、その頃、夏目漱石死去の電報を自ら扱い、驚いた挿話があるという。

また、「野良犬」や「七人の侍」など黒澤明映画の常連俳優の一人・千秋実《ちあきみのる》は、佐々木孝丸の娘婿であるという。

「松本道別について、ご存じありませんか？」私は訊いてみた。

博識かつ抜群の記憶力の克平さんである。

「霊学、ねえ」首をかしげた。

「私は新劇紙クズ収集家だからねえ。演劇や映画に関係した人で、たとえわずかでも痕跡を残した人物なら、名刺一枚でも集めているけど、それで手一杯でね。他の分野に関心が及ばない」

「名刺といえば」

私はトンちゃんから預かっている、名刺帖を克平さんに見せた。克平さんが来店したらお目にかけ、判断を仰ごうと実は手ぐすね引いていたのである。克平さんはスクラップ帖におおいかぶさるようにし、一枚一枚、丹念に目を通し始めた。

そこにトンちゃんが自転車でやってきた。なんと珍しい。夏背広に、ネクタイ姿である。

克平さんの姿を見ると、泡を食ったように、顔の前で掌を横に振った。

「どうぞどうぞ。お仕事を続けて下さい。これから伸子さんのお見舞いに行くつもりなんです」

ちょうど折よく、カミさんが克平さんに冷たい梅ジュースを運んできた。

「あら？　どうしたの？　めかしこんで？」

「これ、教師時代の制服ですよ」トンちゃんが照れた。

「伸子さんに何か言伝《ことづ》てがありましたらと思って、寄ったんです」

添木伸子は、十日ほど前、「なつかしい里」の蛍狩で倒れたのである。どうやら、コップ三、四杯のビールが、悪く利《き》いたらしい。伸子は大学三年生の成人だから、飲酒は自由だが、日頃めったに口にすることなく、味わってもコップに軽く一杯程度なのに、蛍狩では調子に乗って度を過ごしたものらしい。一種の急性アルコール中毒であろう。

蛍の乱舞をトンちゃんと並んで眺めているうちに、まるで催眠術にかかったように、不意にしゃがんだかと思うと、音もなく横に倒れたのである。

トンちゃんは全く気づかず、隣に伸子が立っているものと思い込んで、小学教師時代に、児童に蛍の光る様子を説明するのに往生した思い出を、笑いながらしゃべっていた。

そこに狭い道を下りてきたカップルが、地べたに動かない伸子を発見して大声を上げたのである。上の広場で話し合っていた私と幸夫は、次にトンちゃんの叫び声を耳にして、急いで山道を駆け下りた。

さいわい伸子の意識は、ただちに戻った。急激に酔いを発したものらしい。観客の一人が水筒を持っていて、伸子に飲ませてくれた。しばらく座っていると、「もう大丈夫」と案外はっきりした声で言ったので、私たちは安心した。そしていつもの動作で立ち上がり、スラックスの裾の土を払った。カミさんがハンカチで、ブラウスの背中の汚れを落した。

「蛍の光の流れを、目で追っていましたら、気が遠くなったんです」

ゆっくりと戻りの道を歩きながら、伸子が説明した。

「そばについていながら、何もできなくて」トンちゃんがしきりに、面目ない、と謝った。

私たちはアルコールのせい、と単純に考えていたけれど、どうもそればかりが理由ではなさそうであった。翌日から伸子が寝ついたからである。軽いめまいもし、食欲も不振なので、母が心配し、自分の掛りつけのドクターに相談したら、とにかく検査をしてみよう、と段取りをつけてくれた。伸子は昨日から検査入院しているのである。

「様子を訊いてきてね」カミさんがトンちゃんに頼んだ。トンちゃんは病院に行くのでなく、伸子の家を訪ね、母親に見舞いを述べるつもりなのだった。

「これ、あとで芳雅さんに渡して下さい」

克平さんと対話している私に気兼ねして、トンちゃんはカミさんに大学ノートを預けると、お邪魔しました、と自転車にまたがって、新井薬師の方角に走っていった。

克平さんは話がすむと、再び熱心に名刺帖に目を通しだした。私は目交《めま》ぜで、トンちゃんのノートを見せよ、とカミさんに告げた。

トンちゃんが国会図書館に通う時、必ず携帯する大事なノートである。ノートの後ろからめくり、トンちゃんが最近メモしたらしいページを黙読した。

昭和六年一月八日付新愛知新聞の記事が、抜き書きされていた。

「明治時代の尖端女で、盛んにフラッパーし痴恋愚恋とエロの経歴にも富み、最初の婦人記者、婦人映画解説者、講談師などあらゆる方面を歩いて数奇な半生を送つて来た本荘幽蘭女史は、大正十年末渡支して支那・満洲・朝鮮を徘徊して四年以前内地へ帰るや教育講演師、編物教師として各地を廻つてゐたが、数日前飄々乎として名古屋へあらはれ、岐阜県恵那郡中津町桃山にある料亭大岩館の裏から出た温泉をものにせんと奔走し、形は変るが相変らず老いても女史らしい健在振りを見せてゐる、七日本社を訪問した女史は語る『妾は昨年十二月初めまで信州大町から十里ほど入つた小谷といふ小部落に居りましたが（略）妾が今尾羽打枯らしてゐるのは勿論（略）よいパトロンを得たいと動いてゐる訳です、あの新温泉がほんたうによいものだつたら温泉に恵まれない名古屋としては大変によいと思ひます』女史は名古屋では大正八年春千歳座へ出演したことがある」

東大寺三月堂の国宝盗難事件について……

克平さんが急に顔を上げ、あたかも話の続きを語るような口調で言った。

「この名刺帖は、たぶん、特高が押収した物かも知れない。僕の知っている者の名刺もあるよ。本屋さん、これ、しばらく借りちゃまずいかな？」

「構いません」トンちゃんの持ち物だけど、私は即答した。

城の持ちぬしは変ったはず

（絵葉書）一九八二年九月二十五日　お久しぶりです。伸子の入院では、大変お世話になりました。バタバタして、まともなご挨拶もせず失礼しました。小生、ただいまハイデルベルクに来ております。古城と大学の町。明日、ここの旧市街で、「のみの市」が開かれます。かなり有名な古物市だそうで、小生も冷やかしに参る予定です。その報告などを兼ね、落ち着きましたら、今回の旅の動機などを詳しく手紙に認めます。

この本屋さんの絵葉書は町の中心部にある書店で求めた一枚ですが（学生の町らしく書店が多い）、今つらつら眺めましたら、店構えが芳雅堂さんにそっくりです。そしてこれを購入した書店であることにも気がつきました。由緒のある本屋さんなのかも知れません。ただし、古書店でなく新刊店でした。

（書翰）一九八二年九月二十九日　何やかやありまして、お便りを怠けてしまいました。ごめんなさい。小生は現在ハイルブロンという町に逗留しております。ハイデルベルクから、ネッカー川沿いに、たくさんの古城が山上にあります。いわゆる古城街道と呼ばれている所ですが――そうです、もうおわかりですよね、小生がドイツに来たわけ。

例の河井さんのお宝です。河井さんが古物骨董を預けた城。倉荷証券を示して、預けた品を請《う》け出そうという次第です。

なぜ急に？　とご不審のことと存じます。芳雅堂さん、これからのお話は、どうぞ聞き捨てに願います。そして伸子には、内密に願います。そう、井本東一さんにも、お話ししないで下さい。井本さんは伸子に少なからぬ好意をお持ちの様子ですから、秘密にしておく方がよろしいかと考えます。ショックを受けられるかも知れませんので。

伸子の本当の病状をお伝えしませんでしたが、実は検査入院などではなかったのです。蛍狩のあと、だるい、だるいと訴えまして、疲れだろうから安静にしていなさいと勧めたのです。そのうち腹痛を起こし、それが普通の痛みようでないので、救急車を頼みました。病院に着く頃、意識が低下し始めたのです。

診察の結果は、すぐに出ました。意外でした。糖尿病だったのです。何でも一型と二型とあって、伸子は先天性の二型でした。昏睡におちいって死に至ることが、稀《ま》れにあるとのドクターの説明でした。遺伝的要素が濃いと聞いて、小生、衝撃を受けました。父が糖尿体質であったからです。

伸子の病は、わが家の責任です。最高技術の治療を、最良の環境の中で。せめてその位のことをしてあげねば。お金をこしらえるのが先決でした。

伯父は河井さんの倉荷証券を入手していました。伯母の差し金《がね》で、現在の持ちぬしから買い戻していたのです。巻子本《かんすぼん》『医心方』が化けないとわかって、河井さんの預け物に賭けたのです。どれほどの金額を注ぎ込んだのか、あえて問いませんでしたが、伯父が小生にドイツに行ってほしい、と懇願する真剣な口調に、おそらく「さゞれ」の全財産を担保にしたかも知れない。そう感じ取りました。小生は生返事をして、その場逃れを図っていたのです。

そこに伸子の緊急事態でした。小生は決意しました。一刻も早く、お金をこしらえたい。あれほど愚図っていた男が、その一心で全力疾走し始めたのです。編集者仲間や取引先の知人にドイツ語が堪能で、かつ、近いうちドイツに赴く予定の人がいないだろうか、と訊いて回りました。さいわいにも、九月下旬に催されるモーツァルト音楽祭を聴きに行く、という大学生が見つかりました。平野猛《ひらのたけし》という彼は毎年この時期に、マンハイムとハイデルベルクの二つの町に滞在し、クラシック音楽のコンサートを楽しんでいるのだそうです。モーツァルト音楽祭は、二つの町の間にある何とかという宮殿で行われるそうですが、コンサートそのものは、至る所のホールで常時開かれているよしです。

平野君は二十四歳、音楽好きだけに寡言ですが、名前に似ず心優しい好青年でした。ドイツ語は、日常会話にこまらない程度、と謙遜しましたが、小生としてはそれで十分です。

旅行中、平野君と一緒の宿にさせてほしい、小生が必要な時に通訳を頼みたい、と条件を告げますと、小生の旅の目的を訊《き》いてきました。平野君を紹介してくれたかたが、小生の身元をすでに明かしているはずですが、初対面ですし当然です。小生は包み隠さず話しました。すると平野君が、「面白そうですね」、ボソッとつぶやくように言い、照れたように微笑みました。そして、小生の行動につきあう、と遠慮がちに加えたのです。小生は嬉しくて握手を求めました。平野君の掌は女の人のように小さく愛らしく、温かいものでした。

謝礼はいかほど希望か、と伺うと、自分の語学は心許無《こころもとな》いからいらない、と言う。そうもいきません。では宿賃と食事代を持たせてほしい、と申し出ました。なおも遠慮するのを、強《し》いて承諾していただきました。

小生は勤め先に辞表を出しました。社長は何もやめることはない、年休を取ればよい、と慰留しましたが、押し切りました。自由勝手に動き回りたかったからです。実を言えば、会社に見切りをつけたのです。スポンサーの「さゞれ」の仕事でドイツに出かける、とだけ話しました。せいぜい一カ月の出張だ、と安心させました。伯父から預かったお金の高は、そのくらいの滞在が限度でした。

さて、そのようないきさつで、小生と平野君は九月二十三日の朝、日本を飛び立ちました。その日にはフランクフルト空港に着いたのですから、ヨーロッパは意外に近い（？）ものです。ハイデルベルクの町に宿をとり、平野君と今後の行動予定を話し合いました。河井さんの預け先の城は、ヴァインスベルクという町の近くにあります。古城街道に列なる城の一つです。

芳雅堂さんはご存じかも知れませんが、古城街道といいますのは、フランクフルト空港からバスで一時間のマンハイムという町が起点で、ここからネッカー川沿いにニュルンベルクという町まで走る、およそ三百キロの街道で、この名称は一九五四年にドイツ観光局が用いた、と旅行案内にあります。街道沿いに点在する古城がいくつあるのか、肝腎なデータが示されていませんが、ドイツ国内の古城の総数が約二万だそうで、おもだった城は古城街道に集中しているとありますから、名にふさわしい道筋に間違いないです。三百キロの旅は、路線バスを乗り継ぎます。マンハイムからニュルンベルクまでは、休憩時間を入れると、大体八、九時間との話です。季節限定のバスで、十月から来年四月までは走らぬと聞きました。車を頼むことになります。

平野君は小生が城主にあらかじめ来訪予告をしていない、と知って、ひどく驚いたようです。小生は、警戒されることを恐れたのでした。いきなり訪ねて、ざっくばらんに理由を説明した方が、うまく運ぶと踏んだのでした。お互いの表情を見ながら語り合う方が、複雑な商談は成立することを、ＰＲ誌編集の上でインタビューした、経営者の体験談から学びました。手紙のやりとりが一番誤解を招きやすいそうです。

平野君が言います。城主を訪ねる前に、お城の事情を調べましょう。何の予備知識も持たずに、上手な交渉はできません。土地の者に聞いて回りましょう。

確かに駆引きに切札は必要で、そのためにはあらゆる手を尽して相手を知るのが大事、それはわかっているのですが、小生は大っぴらにしたくなかったのです。できる限り隠密に進めたいの芳雅堂さんが推量されたように、小生も河井さんの預け物に、犯罪のにおいをかいでいたのでです。河井さんが非合法に入手した骨董を、事件のほとぼりがさめるまで、城主に委託して隠匿していたのではないか、と。この場合、城主も共犯です。まともに交渉できるものではありません。

平野君には、そのむね打ち明けました。それでは警察の手を借りるわけにいきませんね、と平野君がうなずきました。小生は彼が案外に平然としているので、むしろ心配になりました。決してあなたに累が及ぶことはしないから、と誓いました。平野君がニッコリと笑うのです。僕が盗んだわけでなく、盗品を売るわけではありませんから、咎められることはないと思いますが、違いますか?

それは、そうです。小生だって同じです。河井さんだって盗人と決まっているわけではない。預け物が盗品かどうか、これまた未定です。あくまで小生の臆測にすぎない。

ともかく情報を集めてみよう。ハイデルベルクの「のみの市」に、目をつけました。骨董のことなら、その道の商人が事情通でしょう。ハウプト通りといったかな、旧市街のそこが会場でしたが、のみの市といっても通りのお店が屋台を出し特価品を並べていて、あとは地元の人が不用品を販売している。そんな中に数えるほどですが、明らかに骨董商と見受けられる人が、古い人形やコーヒーカップ、肖像画や額などを、戸板二枚ほどのスペースに乱雑に置いて、客待ちをしておりました。平野君が玩具のオルガンを手に取って、興深げに観察していると、古めかしいお釜帽の主人が、何事かドイツ語で話しかけてきました。平野君が振り返って、すぐさま翻訳してくれました。日本の本がある。買わないか、と申しています。主人が小生を見て、大げさにウインクをしました。正確に日本人と見られたんだ、と小生が感心しますと、この町は多いですからね、と平野君が答えました。二人のやりとりを、オーケーと受け取ったのでしょう。主人がレジの横の木箱を開け、煤けたような和本を一冊取ると、小生に差し出しました。

通りを歩いていた客が五、六人、小生たちのそばに寄ってきて、その本をのぞきこみます。『西洋神器説図解』というタイトルで、巻二とあります。写本で、絵が入っております。銃砲の構造と、その用い方の絵です。

裏表紙に、朱の角印が押捺《おうなつ》されていました。少々かすれ気味の印ですが、「紅葉山文庫蔵」と読めました。ハッ、としました。

そうです、いつぞや芳雅堂さんがお話し下さった徳川将軍家の蔵書です。まさか？　こんな所に？　日本で一番稀覯本《きこうぼん》を所蔵している名家。

小生は顔を上げて、露店主の横に立つ人たちを一瞥《いちべつ》しました。いつの間にか、かなりの人垣ができておりました。小生は平野君に、この本はいくらぐらいか尋ねてほしい、と頼みました。平野君がドイツ語で問います。主人が短く答えました。平野君が日本円に換算してくれました。十万円ちょっと、とのことでした。

小生の小遣いの額です。もう一度、紅葉山文庫の蔵印を眺めました。これを日本で転売すれば、大儲けできるのではないか。ドイツ人は紅葉山が、江戸城敷地内の地名を示すとは知るまい。まして その地に在った将軍蔵書の書庫など、研究者以外はわかるわけがない。将軍の蔵書が門外不出であり、どんなに貴重か想像もつかないだろう。流出など考えられぬ蔵書の一冊が、ドイツの一都市の、ここにある。ハイデルベルクが大学の町であることに気がつきました。教授の誰かが手離したのかも知れない、と思いました。買いだ。これは絶対、買いだ。

人の視線を感じて、そちらに目をやりました。太った中年の日本人男性が、小生を見てしきりにまばたきしているのです。小生にエールを送っているのです。小生は賛同を得て嬉しくなり、平野君に道楽してみる、と伝えました。ハイデルベルクのいいおみやげになるよ、と言おうとして、例の中年男を見ると、男が左右の人さし指でバッテンをこしらえ、それを鼻先で示したり解いたりしているのです。

小生は夢からさめたような気になりました。平野君に、これは端本《はほん》のようだから使えない、従って購入しない、と伝えてもらいました。端本、の翻訳には苦労したようです。露店の主人はいやな顔をせず、どころか愛想よく笑いながら、今回はお互いの利害が合致せず不成立だったが、いつか笑顔でお互いの財布を往き来することがあろう、と握手を求めてきました。そうなることを期待する、と平野君が代弁しました。

小生たちは露店を離れ、歩きだしました。のどが渇いたなあ、と平野君がつぶやきました。通りにはテントのカフェが設けられています。その辺で休もうか、と小生が言った時、どうせなら酒場へ参りませんか、と背後から声をかけられたので、ギョッとして振り向きました。指でバッテンの男の人でした。

小生はさきほどの礼を申しました。しかし、なぜ見ず知らずの小生に、購入を制止したのか、そのわけがわかりません。

ビールでも飲みながら、ゆっくりお話ししますよ、と言い、佐藤と名乗りました。ドイツには、かれこれ四年いる、と言い、路地裏の鰻《うなぎ》の寝床のような造りの酒場に案内してくれました。白地に黄と紺の棒縞のたすきを掛けた若者の一団が、店を占領していましたが、一番奥の六人掛けテーブルが空いていて、佐藤さんは、この店は町で二番目に古い酒場ですよ、と教えてくれました。たすき掛けの若者たちは低い声で話し合っていて、秘密結社の会合の雰囲気でした。

自分の仕事はこれですよ、と佐藤さんが壁に掲げられた写真額の一つを示しました。巨大な樽の写真です。樽を造る職人だろうか、とうなずきかけたら、ワインですよ、と笑いました。ワインを買い付ける商社員とのことでした。ワインの集積地であるハイルブロンにお住まいのよしで、小生たちは佐藤さんの手配でこの町に下宿を定めたわけです。当分ここに滞在する予定です。呼び出しの電話はあるのですが、ほとんど外出しているはずですから、お手紙でのご連絡がありがたいです。住所は（略）……


「ドイツには観光ですか？」佐藤が訊いた。

「ええ」幸夫は、うなずいた。

「古城街道ですか？」

「ええ」本当のことは言えない。

「お国では静かなブームのようですね。街道の至る所で、日本人を見かけるようになりました」

幸夫たちはビールで乾杯をした。重い大きなジョッキである。

「そんな日本人観光客を狙って、贋の古物を売りつける不届き者が多くなりました。さきほどの露店業者もそうです」

「あの本は、贋物だったのですか？」

「同じ本を、私、三冊ほど見ました。ドイツで」

「あの、紅葉山文庫蔵印も、贋ですか？」

「もちろん」佐藤が微笑した。「白状しますと、私、あの本に引っかかったんです。初めてドイツに出張で来た際に」

「同じ本に？」

「その頃、日本円で五万円でした。帰国して懇意の大学教授に見せたんです。すると、こう言われました。徳川将軍は蔵書印は押さない、押す必要が無い、最高の権力者だし、手離さないし、区別することもないわけだから」

「あの銃砲の本は、全くの創作ですか？」

「いや、種本はあるのでしょう。贋物造りは学者じゃありませんからね。写本というのが曲者《くせもの》でして、本物を見て写すだけでよい。簡単です」

「日本人がこしらえたのですね？」

「まあ、外国人は毛筆は不得手でしょう。それに日本人が見れば、ぎこちなく不自然だから妙だとわかります。贋物師は心理学者でもあるから、外国に観光にきた日本人が、どんな物に騙されるか、先刻承知なんですよ。ほら、さきほどの本、銃砲の図解がふんだんに出ていたでしょう？武器、城、船。これらの絵がある本には、日本人は皆飛びつくんです。高価だと錯覚する。植物や野菜の絵はだめなんです。なぜなら、上手下手が誰にもわかるから。実際の植物を知っているから、すぐに比べられます。五万円でいろんなことを学びましたよ。学習代と思えば安いものです」

「日本人が外国旅行の日本人向けに、まがい物を製作しているわけですか？」幸夫は考えこんだ。

「八月の末でしたか、日本橋三越で贋物が発覚しましたね」佐藤が話題を拡げた。

「古代ペルシア秘宝展ですね」平野が口を挟んだ。「僕、見に行きました」

「展示物の大半が贋物とわかったんですよね」

「大騒動でした」平野君がジョッキを卓に置き、右手の指を軽くもんだ。重くて、しびれたらしい。

「真相はおいおい判明するでしょうが、あれをたくらんだのも、展示品を揃えたのも、また製造にかかわった者も、日本人だといううわさですよね」

「佐藤さん」幸夫は口調を改めた。

この人に本当の目的を打ち明けても、大丈夫なのではないか。

「実は」

城の名を告げた。むろん、城の用事内容も語った。相談に乗っていただけないか、と頼んだ。

「その城はハイルブロンとヴァインスベルクの間にありますが、確か数年前に持ちぬしが変ったはずですよ。城主の名は、わかりますか?」

幸夫は、「倉荷証券」の控えを見せた。

佐藤が、首をかしげた。

どうして嘘をついたのでしょう?

（書翰）一九八二年十月十二日　お手紙ありがとうございました。異国で目にする日本文字は、格別のなつかしさです。商社の佐藤氏が、日本人は故国の品や書物を見つけると、やみくもに飛びつく、贋物師はその心理を悪用する、と話しましたが、なるほどと思います。

井本東一君が行方不明との報には、驚きました。霊学道場が見つかった、そちらを訪ねてみる、と言い置いたなら、恐らく、道場にいるのでしょう。芳雅堂さんは東一君の仲間の、「問屋《といや》」グループをご存じですよね？　根本《ねもと》黒闇々《こくあんあん》という、心霊学や超常現象に博識なかたがいるのを、ご存じですか？　東一君の行方は、このかたに訊くと判明するのではないかと思います。私は会ったことはありませんが、「問屋」グループの丹野という人に教えられました。丹野氏の連絡先は、仲子がメモしております。仲子に問い合わせてみて下さい。

東一君のこと、心配いらないと考えます。彼は何事にものめりこむタイプですから、今度は心霊とか奇跡とか、そういう方面に興味を持ち夢中になったのではないでしょうか。これは仲子の手紙で知ったのですが、仲子は東一君にどうやら病気の不安を訴えたようなのです。大げさに伝えたのではないでしょうか。病人にしてみれば無理からぬことですが、東一君が民間療法とか催眠医術とか霊的何とか術の本を調べてくれている、と報じてきたのです。仲子は東一君の行方を知らないと申したそうですが、教えたくなかったのでしょう。東一君が何をしているか、知っているからと思われます。

さて、古城の件ですが、商社員の佐藤さんの尽力で、いろいろなことがわかってまいりました。城は（当地ではK城と呼ばれております）、五年ほど前に売りに出され、現在はフランス人の別荘として使われているそうです。それまでは代々、男爵家が管理していたのですが、何しろ大きな建物と敷地ゆえ、維持費が多額で、それを捻出するために、いつの頃からか、美術品や骨董の品々を預かって、倉敷料を稼ぐようになったといいます。

これに目をつけたのがそれらの業者で、彼らは城主に入れ知恵し、品物の所蔵者になってもらった、というのです。つまり、この品はK城の何代目が購入し愛蔵していた、との証明書を発行させたらしいのです。

同国人には発行せず、外国の業者にのみ出したそうで、日本の高名な業者も何人か、このシステムを重宝していた、といいます。

たとえば日本でおおやけに売買できぬ品を、いったんK城に預け置き、時期をみはからって証明書を書いてもらい請け出す。そしてK城主旧蔵品の触れ書きで、堂々と日本で売るわけです。

これは由緒ある寺の宝物を、内々に売り捌《さば》く便法の一つなのだそうです。国宝や重要文化財に指定された品は、登録されて売買できない。K城の例同様、寺は財政的にこまる。そこで国宝級、重文級の所蔵品を、こっそり金に換えるわけです。未登録の品を、売る。業者はK城に預け、やがて逆輸入する。例の証明書つきです。本品は一八七×年に（大抵、明治初年です）K城主の先代が横浜の何々商会で求めた物、うんぬんという文面だそうです。

これで堂々と販売できるわけです。つまり、マネー・ロンダリングの手法ですね。

当然ながら、この手法は、悪いやつらに利用されます。芳雅堂さんの推測通り、盗品の、一時保管場所として使われた模様です。

芳雅堂さんは、昭和九年の「春峯庵《しゅんぽうあん》事件」というのをご存じですか？　古本屋さんですから、ご存じですよね。私は全く知らなかったのですが、戦前最大の美術品贋作事件だそうですね。

何でも春峯庵と号する某大名家の蔵から、東洲斎写楽《とうしゅうさいしゃらく》の肉筆画をはじめ、今まで誰も目にしたことのない肉筆浮世絵が、十数点も発見され、美術倶楽部で大入札会が開かれた、というものでした。写楽の肉筆画は、わが国で一点しか無く、その貴重な一点も関東大震災で焼失したそうで、そこに突然のこの朗報ですから、マスコミは「世紀の大発見」と称《たた》えたといいます。当時、浮世絵研究の権威と言われた、笹川臨風《ささがわりんぷう》文学博士が、豪華な入札カタログで、これほどの大作名品が深く埋蔵され、その道の人にも知られなかったのは奇跡である、と興奮し、一点ずつ図版の解説を詳細に施しているそうですが、これが何とすべて贋物であった、というお粗末の一席、贋作者が十六歳の少年だったというじゃありませんか。

少年は児童用の引延器を使って、雑誌口絵の浮世絵を拡大模写していた。出来の良い美人画を、兄貴が浮世絵商に模写画として売った。これが事件の始まりだそうですが、取調べた警察は、少年の仕事と信じられず、警視庁の一室で実際に描かせてみた、といいます。ところが、本当だった。研究家の目をあざむく腕前だった。春峯庵事件が世に騒がれたのも、贋作者が「天才少年」であったこと、の驚きに尽きると思います。笹川博士は、この事件によって学者としての生命を絶たれました。少年は程なく病死したそうです。

ところで事件の翌年に、日本橋白木屋百貨店で、少年と兄の共同製作による「肉筆浮世絵模写展」が開催されているのです。絵は売られたそうですが、全点、完売だったよしです。模写絵は、説明がなければ、しろうとには本物としか思えない巧緻《こうち》な出来で、この中の数点がK城に確かに預けられたといいます。

なぜそれがわかったかと言いますと、ある日、K城に東京から特別高等警察、思想犯を取締まる、いわゆる特高が訪ねてきたのだそうです。

目的は、春本の紙型《しけい》押収でした。思想運動の資金作りの一つに、春本製作がありました。大がかりな組織を摘発したのですが、重要な証拠となる紙型が見つからない。なんでもその春本は不敬罪に当る過激な内容だったので、特高は躍起となって探索した。

どのようなきっかけで突きとめたのかは、わかりませんが、その頃、発行されていた国語辞典の『大言海』を装って、K城に送られた事実をつかみ、押収のために二名が派遣されたといいます。

日本の警察は凄いですね。実際に、『大言海』はあったのです。

ところが、紙型は無かった。箱の中身は、『大言海』そのものです。特高は辞典を刳《く》りぬいて、そこに紙型が隠されているものと、てっきり思っていた。案に相違した。

でも、さすが特高です。しっぽは巻かない。ドイツの古城に、なぜ日本語の辞典が送られたのか。隠された理由があるはず、とにらんだ。二人で辞典の第一巻から索引の巻まで、一ページずつ、じっくりと目を通したといいます。

おそらく辞典の項目が、隠し場所の暗号だったと思うのですが（判然としません）、K城に保管されていた日本の鎧櫃《よろいびつ》から、春峯庵の肉筆浮世絵が大量に発見されたのだそうです。白木屋で展示即売された模写絵だけでなく、明らかに「天才少年」の作品以外の絵も含まれていたといいますから、いずれK城主の浮世絵コレクションと銘打って、日本で販売するつもりだったのでしょう。二人の特高は思いがけぬ手柄を得て、意気揚々、帰国したといいます。

当時ドイツ駐在の日本商社員の間で、こんな笑い話が交わされたそうです。

「シュンポーアンを、シュンポンと聞き違えて、ドイツにまで捜査に来たんだってさ」「ずいぶん早とちりの特高だね」「特高がとっこに騙《だま》されたのさ」

とっこ、とは詐欺のことだそうです。

佐藤さんの仕事仲間や、仲間の紹介で当地の骨董商など、たくさんのかたがたと知りあいました。K城のことなど、序々に判明してまいりました。近いうちに、K城に出入りしていた日本人のプロフィルが、つかめそうです。ミューラー・ベンという古物商人（骨董商とは違います。古い農器具や台所用品を扱っております）と仲よくなりました。愉快な老人で、情報屋であります。

そうそう、昨日、佐藤さんとその同僚三人と酒盛りをしたのですが、雑談の中で本荘幽蘭の名が出ました。出たというより、小生が出したのですが、意外にも幽蘭の名を知るかたがいたのです。

Mさんという四十代の人で、若い時、中国の紹興にいて、老酒を扱っていたといいます。「その幽蘭というのは、女性だよね？」とMさんが反応しました。そうです、とうなずくと、「それじゃ間違いない。幽蘭という号を彼女に贈ったのは、魯迅《ろじん》だよ」と言います。

「えっ？　魯迅？」

小生のみならず、その場にいた全員が、聞き返しました。「魯迅って、あの文豪の？」

そうだ、とMさんが首肯《しゅこう》します。

「阿Q正伝」他で、わが国でもお馴染《なじみ》の作家・思想家です。

「魯迅は若い時、日本に留学している。二度、来日している。留学仲間と共同で夏目漱石の旧宅を借りていたことがある」Mさんが語りました。

「あるいはその頃かも知れない。年代でいうと、明治三十五、六年かな。確か歌を詠む日本女性に幽蘭という号を贈っている」

魯迅は紹興で生まれている。Mさんは土地の人から聞いたのでなく、本で読んだと言います。

「魯迅の手紙という本が、日本で出版されているよ。それに出ていた」Mさんが断言します。

「でも本は中国から転勤の際、処分してしまった」

芳雅堂さん、こちらではその本が見つかりませんか。魯迅全集の書簡篇で調べていただけませんか。

なおMさんの話によれば、幽蘭の号の出典は、中唐の詩人、李賀《りが》の詩の一節だろう、ということです。何でも「幽蘭露　如啼眼」（幽蘭の露、啼《な》ける眼の如し）というフレーズがあるそうです。

李賀は七歳で草した詩文が、一代の文豪と仰がれた韓愈《かんゆ》を驚ろかせたという早熟の天才で、二十六歳で夭折《ようせつ》したそうですが、幻想的で怪しい詩風は、わが国でも熱烈なファンが多い、とのMさんの解説でした。（以下略）

（伸子より幸夫への書翰）昭和五十七年十月十五日　ご安心下さい。元気です。十月十日付のお便り、嬉しく楽しく読みました。

ヴァインスベルク町のお祭り、「貞淑な妻の祭り」ですか、大変愉快です。本で調べましたら、ヴァインスベルク城を陥落したのは、コンラッド三世という皇帝でした。町の軍隊を捕虜にした、とあります。

でも町の主婦たちに、自分の力で持てるだけの物は城から運びだしてよい、とお触れを出したのは伝説でしょうね。主婦たちは両手に台所用品や日用家具を持ち、食器を入れた桶を首から下げ、更に背中に捕虜の夫を負って城から出たそうですが、この伝説にちなんで、妻が夫をおんぶして町を行進するわけですね。夫妻とも中世の扮装で参加するのが、いかにも古城街道にふさわしいです。

パレードの中に、元K城主のご夫婦がいた、というのも面白いです。教えて下さったミューラー・ベンさんが、こんなことはありえない、と何度も首をひねっていたというくだりで大笑いしました。久しぶりに笑いました。

だってご夫婦は、城を手離す手離さないの押問答から喧嘩別れして、城を人手に渡して、別々に町を出ていったわけでしょう。町の人たちは、それらのいきさつを知っているわけですね。ところが今年、突然、祭りにやってきて、妻が夫を背負ってパレードに参加した。そりゃ町の人はびっくりでしょうけど、でも決して「ありえない」ことではありませんよね。

夫婦が縒《よ》りを戻すのは、不思議でも奇跡でもありませんもの。ベンさんが信じられなかったのは、「貞淑な妻」という名称に囚われすぎていたからではありませんか。

城主ご夫妻は、自分たちが円満に元通りになったことを、こういう形で町の人に報告したかったのではないでしょうか。

その意味では、この祭りは有意義ですね。

ありえない、といえば、一週間ほど私、国会図書館に朝から通い詰めでした。本気で、卒業論文に取り組んだのです。働く婦人の研究。働く女性の気持ちが知りたかった。卒論のためというより、自分を納得させたかったのです。

私はおそらく生涯、働く婦人になれないだろう。働きたくても、体力が許さない。病人で一生を終るのだろう。いえ、悲観ではありません。どうぞ心配をしないで下さい。自分の体ですから、自分でわかります。ドクターに訊くまでもありません。東一さんが松本道別の何とか術の話をした時、ピン、ときました。いえ、東一さんの話で自分の病気を知ったのではありません。ずっと以前から、感づいていたのです。それで働く婦人というものに、あこがれていたのです。なりたくても、なれない職を持つ婦人に。

せめて、文献で彼女たちの生き生きした姿を見てみたい。

その時、ふっ、と思いだしたのは、本荘幽蘭という女性でした。芳雅堂さんたちが夢中になるほどには、私には関心の無い人でした。ところが考えてみると、彼女ほどあらゆる職業を体験した女性はいない。なぜ、そんなにいくつもの職種を渡り歩いたのだろう?

もしかしたら、彼女は私と同じような治療困難な病を抱えていたのではなかろうか。短い生涯を有効に使いたかった。この世にあることを、できる限り体験したい。

幽蘭という号は、病弱の象徴ではないでしょうか。男性遍歴は嘘で、男性は治療の暗号ではないでしょうか。彼女は良医を求めて、あるいは神薬を探して、全国を回っていたのではないでしょうか。

職業へのあこがれは、普通の人には理解しがたいかも知れません。働きたい欲求は、お金がほしいからだけではない。健康への痛烈な願望です。

本荘幽蘭を調べてみよう。この人に的《まと》を絞って、彼女を昔でいう職業婦人の代表に据えて調べてみよう。芳雅堂さんは幽蘭の資料はほとんど無い、と言いました。でも新聞記事があります。私は幽蘭を研究するわけではない。幽蘭の行動を追って一覧表に仕立て、彼女の履歴を明らかにすればよい。どんな職業につき、いくつ選んだか、それだけわかれば私の気はすむ。

国会図書館の新聞室で、まっ先に借りたのは、昭和十二年二月十二日の全国紙、地方紙のすべてでした。炭火料理「なつかしい里」で聞いた東一さんの話が、頭の隅に残っていたからです。竹久夢二が尊敬していた洋画家の藤島武二が、第一回文化勲章を受章したのが十一日です。武二のモデルだったお葉《よう》さんが、夢二と同棲します。お葉さんを調査していた時でしたので、この年月日は正確に覚えていました。十二日に受章者名が新聞に発表され、東一さんの報告では、何という新聞か不明だが、幽蘭が手製の文化勲章を胸の前にかざしている写真が出ていた、と。

一紙ずつ、隅から隅まで見てみました。

無いのです。どの新聞にも出ていないのです。東一さんは国会図書館で調べた、と言いました。私が繰っている新聞に間違いない。あるいは東一さんの錯誤かも、と思い、二月十三日十四日十五日の新聞各紙を探索してみました。ありません。

食堂のピンク電話で、芳雅堂さんに連絡しました。わけを話さず、東一さんのノートに記されている、幽蘭消息記事の日付と新聞名を、いくつか教えていただきました。芳雅堂さんはその日付の前後に起きた事件のことも、ついでに読み上げて下さいました。

再び新聞室で、それらを一件ずつ当ってみました。

事件の記事は、ありました。美術品の盗難、強奪などです。しかし、その前後にあるはずの、幽蘭の記事は一つもありませんでした。

東一さんは、どうして嘘をついたのでしょう？

第一回文化勲章受章者発表記事の、翌々日の新聞には、東一さんのおっしゃる通り、東大寺三月堂のご本尊宝冠盗難を報じる記事が出ております。

私、この事件はどのように決着したのだろう、とついでに追いかけてみました。

大した手間ではありません。新聞索引で、「事件」の細目目次を検索します。「国宝」の項目を見ます。これも、「修復」「破損」「落書」「模写」「焼失」などと分類されていて、「盗難」の項をたどりますと、東大寺三月堂に行き当りました。年月日と新聞名と何面に報じられているか、が、ずらずらと出てまいります。

「逮捕」の日付と新聞名をメモし、掲載紙を借りだしました。

報道によりますと、事件が解決したのは、昭和十八年九月十五日のことで、時効寸前であった、とあります。奈良県警刑事課の捜査主任、丸山警部の執念の手柄である、犯人および故買者、故買あっせん者など一味を検挙、被害品は一個も散逸させず、無事に東大寺に返還させた、とあります。

戦時中のせいか、記事は詳しくありません。この検挙の余禄は、「五里霧中のままであつた幾多の盗難国宝を発見」したことだそうです。大がかりな国宝泥のグループだったのでしょう。事件解決の糸口は、犯人の一人が「仏罰」におびえたため、とありますが、具体的にどういうことだったのか、は触れておりません。

幽蘭の露、それは私の眼にあった

（芳雅堂より幸夫あて書翰） 昭和五十七年十一月八日　まだ、ドイツにいるんですよね？

「宛てどころに尋ね当たりません」と印判が捺されて返戻《へんれい》されるのでは？　そう危惧したのも、しばらくお便りがないものですから。

いや、お返事を怠っていた小生が悪いのです。井本東一君の消息は、未だつかめません。教えられました黒闇々《こくあんあん》氏も訪ねてみました。東一君はこちらには行っていないそうです。

問屋グループの面々にも当ってみましたが、誰一人、知る者なく、彼は夢中になると雲隠れをする癖がある、心配いりませんよ、とかえって慰められました。

中野の店にも足を運びました。店は鍵がかかっていました。裏口に回って、家主（サキさんといいます）を呼びました。留守のようでしたので、ドアにメモを挟んできました。

翌日になっても何の連絡もありません。夜間なら在宅だろう、ともう一度出かけてみました。メモはそのままです。旅行だろうか。やむなく引き返しました。電話も通じないのです。一週間たちました。変です。東一君だけでなく、サキさんも突然に姿を消すなんて。

事件かも知れません。警察に届ける前に、念のため、隣近所で聞いてみよう。カミさんも同道しました。主婦なら怪しまれずに聞き込みができます。二人で手分けして回りました。その結果わかったこと。東京では「隣は何をする人ぞ」と関心を持つ者が皆無、と思い知らされただけでした。

カミさんと二人でがっかりして、「井本古本店」の前に立っていましたら、前の公園に自転車を置いた学生が歩いてきて、「ここの本屋さんは、もうずっと前から店を開けていませんよ」と教えてくれました。東一君の客かも知れないと思い、店主の行方を探している、店の大家も不在で弱っている、と訴えましたら、学生が、「二人でどこかへ行ったのかなあ」とつぶやきました。えっ？　と聞き返しました。「それは、つまり、駆落ち？」

学生が真剣な表情でうなずきました。まさか？　あっけに取られました。トンちゃんが、七十なかばの未亡人と手に手を取り合って、恋の逃避行？　そんな馬鹿な。

学生が宮脇と名乗り（そういえば以前トンちゃんの手紙に出てきた。防犯パトロールの一員です）、自分の友人がここに下宿していて、夜中に未亡人に襲われた、という話をしました。辺りを憚《はばか》りながら、小声で語ってくれたのです。宮脇君の言うには、被害者は友人だけでなく、下宿者がめまぐるしく入れ替わる、いわくつきの貸家だとあとで知った。若い男、それも美男子を選んで、安い賃料で貸す。宮脇君はトンちゃんが古本屋と名乗ったので、当然所帯持ちと早合点し、それなら女主人の夜這いはあるまい、とここを紹介したと言う。

私は宮脇君に名刺を渡し、新しい情報を得たら教えてほしい、と頼みました。彼は毎日のように公園に自転車を乗りつけている、と言います。

「まさか、駆落ちということはないだろう」

帰途、カミさんの意見を求めましたら、「男と女の間に年齢はありませんよ」と冷静な答えでした。「伸子さんに焼き餅を焼いている風だったって、いつか東一さんが話していたじゃありませんか」

私はその時、トンちゃんは伸子さんに振られたショックで、誘いに乗ってしまったのかも、と考えました。伸子さんが入院してから、トンちゃんはめっきり元気がなくなり、オレは伸子さんに嫌われているようだ、というような根拠のない愚痴をこぼすことがあったからです。

「しばらく静観しましょう」カミさんが提言しました。「知らんぷり。私たちが騒ぐと出てきづらいでしょうから」

「そうだな。ある日、例の自転車で、芳雅さん、掘り出しです、と現われるかも知れんね」

という次第で、私は様子を見ることにしました。

さて、ご依頼の魯迅全集書簡篇の件です。早速調べてみました。幽蘭の号のぬしは、山本初枝さんというかたです。どのような女性なのか、いろんな本に当ってみましたが、よくわかりません。上海の内山書店近くに、お住まいだったようで、魯迅とは内山書店店主の紹介で親しく交遊していたようです。夫君は「船長」と魯迅の手紙にあります。一九三二年に、夫妻で日本に帰られたようです。

問題の幽蘭の号ですが、これは魯迅が贈ったのでなく、山本夫人がご自身でつけられたようです。魯迅が増田渉《ますだわたる》氏に送った手紙に、「幽蘭女士から汝に魯漫《ロマン》先生の雅号を上げたい」と言ってきた、とあります。汝は魯迅のことです。

増田氏はそれに対して、幽蘭は感心しない、と返事を書いたようです。魯迅は、こう言ってきました。一九三四年十二月二日の手紙です。「どうして『幽蘭』はよくないので『幽蕙』の方がよいのか、其の理由はわからないが、併《しか》し『散漫』居士《こじ》とはわるくないと思ふ。人才が多くなると愈々《いよいよ》散漫に傾くだらう」

増田渉著『魯迅の印象』によると、どうやら幽蕙を提案したのは増田氏らしく、また散漫は増田氏が自らつけた戯号のようです。増田氏が幽蘭を首肯しなかった理由は不明です。多分、本荘幽蘭の行状が頭にあったのでは、と思います。

　魯迅の山本夫人あての手紙を読むと、夫人は蘭が大好きだった模様です。蘭の栽培はむずかしいですよ、と注意し、自分の曾祖はこれを随分栽培し、そのため「特に部屋を三つ立てた程です」と書き送っております。

　魯迅には、「O・E君の蘭を携えて帰国せらるるを送る」という漢詩があります。注釈によればO・E君は、小原栄次郎という東京日本橋で、蘭と雑貨を商う京華堂主人のよしです。一九三一年一月十二日に小原氏に書いて贈った詩とあります。先の山本夫人はこの翌年に日本に帰っております。私の推測ですが、山本夫人は魯迅を介して小原氏と蘭談義を交わしたのではないか。夫人は本荘幽蘭のことは何も知らなかったのでしょう。むろん、魯迅は、うわささえ耳にしたことはなかったはず、夫人からこの号を告げられた時、Mさんの言うように、すぐに思い浮かべたのは、李賀の詩の「幽蘭の露」うんぬんだったでしょう。魯迅は若い頃、李賀に魅せられ、愛読したそうですから。だから、どうして幽蘭がよくないのか、と反論したのでしょう。

　増田氏は内山書店店主の橋渡しで魯迅に親炙《しんしゃ》しました。わが国に魯迅を紹介した功労者の一人です。（後略）

（幸夫より芳雅堂あて書翰）　一九八二年十二月一日　ご連絡を怠り、申しわけありません。まだ、ドイツです。バタバタしておりまして、ペンを取る暇がなかったのでした。

　親しくなった古物商人のミューラー・ベン老人のつてで、昔、日本人の骨董商と取引したことがあるというかた（ドイツ人です）から話を聞きました。

残念ながら取引相手は、「さゞれ」に縁のある河井さんではありませんでしたが、K城に出入りしていた骨董商とのことでした。その骨董商から聞いた話だそうです。

K城には昔から五、六人の日本人がいて、彼らは農園を管理したり、召使であったり、事務を執ったりしていたが、本当の仕事は、日本の美術品や骨董の鑑定であったといいます。そしてもっと本当の仕事は、贋物を造ることだった、というのです。K城内が、その秘密の工房だったそうです。贋物は日本向けのものでした。常時、いろんな物をこしらえていたそうですが、特別室というものがあり、そこでは腕利きの贋物師が、彼らの隠語で「光り物」を、一年二年の歳月をかけて製作していたようです。

「光り物」とは花合わせの出来役で、四光《しこう》、五光《ごこう》という。四光は、松、桜、月（薄《すすき》）、桐の揃ったもの。五光はそれに雨（柳）が加わったもの。つまり、花札の図柄から、日本画を指すそうです。

「光り物」は、普通に売る物でなく、特別な時に売るのだそうです。特別な時とは、天変地異の起こった時で、たとえば大地震、大竜巻、大嵐などで家屋が倒壊する災害です。

被災家屋から、国宝級の絵画が発見される。あるいは、これまで存在すると言われながら現物が確認されていない書物が、崩れた某家の土蔵から偶然見つかった。というようなシナリオを創《つく》る者がいて、その由緒書きをつけて売る者がいる。「光り物」を製作した者たちの仲間です。

水害地から発見される国宝は、「紙もの」でなく、陶磁器や仏像などの品です。紙は水に弱いですからね。

わが国では、遠く平安朝時代から、大災害のたびに、珍しい貴重な文化財が世に出現した、といいます。全部ではむろん無いけれど、こんな形で贋物が堂々と表に出た、というのです。贋物師は、それこそ何十年に一度あるかないかの、天災を期待して、営々と製作しているのだそうです。彼らの目的は金よりも、自分の作った贋物が本物と認定されて受け入れられる喜び、なんだそうです。

日本人の贋物師は、今でもこのドイツにいるのでしょうか、と訊くと、活動しているかどうかはわからないが、多分いるでしょうよ、との返事。何なら仲間に聞いてあげますよ、と親切なので、つい、お願いしてしまいました。私としては河井さんのドイツでの動きがつかめるかも、という期待からでした。骨董商人たちは独自の情報網をお持ちのようですから。

そこへベン氏から、自分の取引先の者がK城主に会わせてくれる、と言うのだが、会う気はあるか、と打診がありました。是非、是非、と夢中で応答しました。

ベン氏と面会の日時を打ち合わせていると、「光り物」の話を聞かせてくれた骨董商が、贋物造りの日本人を知る人が見つかった、と知らせてきました。いっぺんに、会いたい人が二人も現れて、てんてこ舞いを舞っていると、通訳係の平野君が深刻な顔をして、帰国したい、と突然申し出たのでした。

一体どうしたのか、と問うと、どうやら親御さんが、学生の身で音楽に聞き耽《ふけ》る一方の息子を心配しだしたらしいのです。無理もありません。一カ月の約束でドイツに滞在のはずが、二カ月も遊んでいるのですから。

実は伸子から手紙が来て、そちらに参りたい、と言うのです。元気なうちに一度外国旅行がしたい、ドイツの働く婦人を見たい、とあって、これでは断るわけにいきません。元気なうち、という一言が殺し文句でした。私は旅費を送りました。ところが伸子は母に用意してもらった、と言うのです。母親もひとり娘が不愍《ふびん》で、無い袖を振ったのでしょう。

私は平野君に伸子の話をしました。彼はどうやら誤解をしたようなのです。伸子の手紙の姓と私のそれが異なるので、私の恋人と独り合点をしたらしい。帰国希望を願い出たのは、私に気を遣《つか》ったわけです。

確かに三人で生活するとなれば、一室では無理です。経費もかかります。気苦労でもあります。私は平野君と別れることにしました。

日常の会話ぐらいは、おぼつかないながらも、できるようになりました。現地の人たちとの交渉は、佐藤さんやその仲間の助けを借りればすみます。彼らは私の目的を面白がってくれ、積極的な応援を惜しみません。ありがたいことです。

平野君はドイツを発《た》つに当って、不便だから専用の電話つきのアパートに越して下さいよ、と私に頼みました。そうすればいつでも連絡が取れて、お互いに重宝ですから、と。そうする、と私は約束しました。伸子の母親にも、その条件を付けられていたのです。

「それから」と平野君が、もじもじと言いづらそうに言いだしました。

「K城主との面会は、よくよく考えられた方がいいと思います」

「どうして？」私は聞き返しました。

「貞淑な妻の祭りの時ですが」

ミューラー・ベンが、平野君に言ったというのです。今年の祭りにK城主夫妻が参加する、との情報がある。パレード中に見つけたら教えるから、よく、お二人の顔を見て下さい、と。そして、あの方たちですよ、と指さした。私と平野君は夫妻をじっくりと観察しました。その時ベンが、「こんなことはありえない」とつぶやいた。平野君が、何がありえないのですか、と問うたら、ベンが、いや、なに、とあわててごまかそうとしました。平野君は私にベンのつぶやきを、そのまま日本語に訳して伝えてくれました。

「ベンのうろたえ振りは、尋常じゃありません。つまり、何と言いますか、K城主夫妻がベンの考えている人物と違ったのではないか、と思うのです」

「別人、という意味？」

「たぶん」平野君が言葉を切って、考えるそぶりをしました。少しして、「いやに夫妻の顔をよく見ておけ、と強調するのです。変だなと感じたのですが、何が変なのかわからなくて」そう言って、「僕の取り越し苦労かも知れないけど、K城の話は恐い気がします。これ以上、関与しない方が身の為ではないでしょうか」

平野君は更に加えました。

「こう言うとお気を悪くなさるかも知れませんが、佐藤さんたち商社員も、どこかうさんくさい気がするのです。金儲けとは異なる怪しい雰囲気が感じられるのです」

私は平野君に謝りました。思えば何も知らぬ彼を、私の個人的な探索のために、引きずりまわしてしまった。面白そうな用事ですね、と好奇心から同道してくれた彼を、いいようにこちらの色に染めてしまった。大反省です。平野君の忠言に多謝し、私は心ばかりの餞別を渡し、日本での再会を約しました。（以下略）

（幸夫より芳雅堂あて絵葉書）一九八二年十二月七日　これからK城主に会いに出かけます。佐藤氏の友人が通訳してくれます。贋物造りの日本人の正体が判明しました。K城で辞書を調べた特高の一味らしく、というより、特高が一味のしっぽをつかまえ、ゆすったあげく、戦後、こちらに来て仲間入りし、やがてグループを牛耳る形になったようです。

辞書を調べた特高？　ああ、春峯庵《しゅんぽうあん》を春本と間違えてK城を訪れた二人か。私は十月十二日付の幸夫の書簡を取りだし、改めて読んでみた。『大言海』という国語辞典を入念に探索した、とある。

その時、突如、思いだした。『大言海』である。手紙をもらった折は、何気なく読み過ごしていたのである。

松本克平氏の話だ。家宅捜索で特高が押収した、外国の城郭写真アルバム。ドイツの城の書棚が写っていて、『大言海』第一巻があった。アルバムの持ちぬしは、確か商社の役員と言ってなかったか。左翼運動のシンパ。

私は、戦慄した。だめだ、K城主や日本人に会ってはいけない。

しかし、幸夫とは電話では連絡がつかない。私は短い手紙を書き、郵便局に走った。航空便の速達があるか、聞いたが、無いという返事だった。十数日後、手紙は付箋を貼られて戻ってきた。

「宛てどころに尋ね当たりません」

年明け早々、田舎の父が倒れた。看護のため、夫婦で帰郷したが二カ月ほどのち肺炎で亡くなった。母を一人置いておくわけにいかず、実家を畳み、東京に連れてきた。過労で今度は私が入院した。退院すると入れ違いに、カミさんが病院通いの日々である。カミさんは三十三で、女の大厄《たいやく》であった。家事の手伝いに義母に来てもらった。何やかやあって、商売も休みがちである。金の工面に奔走したりして、知人の動静どころでない。トンちゃんや幸夫兄妹のその後など、すっかり頭になかった。

その年の暮れに近くの銭湯が廃業し、内風呂のない私たちは、ずいぶん遠くの銭湯に通うようになった。八百屋、魚屋も店閉まいし、学生下宿やアパートが次々と空き家になって、妙だな、と首をかしげる頃には、店を訪れる客がめっきり減って、町の音が小さくなった。

地価高騰による地上げが始まっていたのだ。学生下宿の多い私の住む町が、東京で地上げの最初期だった。店も地上げを食った。借りている身だから、どうしようもない。新しい店を探したが、昨年にくらべると倍の家賃である。結局、同じ区内に、同業者の倉庫をお情けで借りることができ、改装して店を開いた。

ようやく落ち着いて店番をする。一年ぶりに古本屋の帳場から世間を眺めると、いつの間にこんなにも東京は変ったのか。至る所に空き地ができ、土埃が舞い、ダンプカーが行き交い、工事の音が響き、人々は追い立てられるように目を血走らせて早足で過ぎる。本を読む目つきの人が、どこにもいない。バブルという聞き慣れない言葉が、当り前のように飛びかう。人々から人のにおいが失《う》せ、きなくさく漂うのは札束のそれである。

その頃、懇意にしている同業者が、お得意から値段を知りたいと持ち込まれた品だが、どんなものだろうと、巻物を持参した。お得意は開業医で、知人から購入しないかと勧められたという。あるお屋敷が地上げされ、解体業者が作業中に見つけた品だといい、桐箱は泥だらけだった。巻物は傷んでいない。

見ると、あの、『医心方』である。私は、思わず声をのんだ。前の方を少し広げて、つらつら眺めたが、「さゞれ」にあった品と同じ物かどうかはわからない。天変地異の際に贋物は現れる、という幸夫の手紙を思いだした。

某日、浅草の「さゞれ」を訪ねた。地上げにあったらしく、影も形も無かった。帰途に立ち寄った中野駅北口周辺も同様だった。

自転車置き場と化していた公園も、トンちゃんが借りていたサキの家も、そのまわりの家々も皆消えていて、更地《さらち》になっていた。

私は思い立って、前園老人宅を訪ねた。さすがに住宅地は昔のままである。老人宅も残っていた。玄関には新しい標札が掲げられていた。名は、前園ではない。ああ、やっぱり。どうやら代替りしたようである。

私は、白状する。トンちゃんが雲隠れした直後、私は一人でこっそり前園老人を訪ねたのだ。前園氏こそドイツの古城に出張した、特高の一人なのではないか。それを確かめたくて――というのは、嘘、嘘、本心は前園氏の蔵書狙いであった。自分ならうまく引き出せる。首尾よく全部を買い取れたら、あとでトンちゃんと分けあおう。

その魂胆は、嘘ではない。だが訪問すると、老人の甥に当たるという人が出てきて、老人は亡くなった、と告げたのである。私はとっさに、生前、蔵書の整理を依頼された古本屋だ、と名乗った。すると、蔵書はすでに処分した、という返事である。「それは、どこの古書店ですか?」私は訊いた。

「さあ?」と甥御さんが首をかしげた。「運送業者と来て、半日がかりで片づけていきましたよ」そして、こうつけ加えた。「安かったです」

トンちゃんだ。何となくそんな気がした。トンちゃんが行方をくらましたのは、この事があって後めたかったからではないか。私を出し抜いた。儲けを、一人占めされた。

何ということだろう。私自身がすでに金権亡者の「バブル」思想に染まっていたのだ。

私が積極的にトンちゃんの行方を探さなかったのは、つまり、このことを根に持っていたからだった。なんと、おぞましい我が心であることか。

「バブル」で消えたのは、家と人だけではなかった。

駅への道を引き返しながら、トンちゃんと夢中で追いかけた、本荘幽蘭の人生を思った。彼女は一体、何が目的で生きていたのだろう。何ゆえ転々と職を替えたのだろう。どんな職業にも大きな声では言えない部分がある。彼女はそれを見つけ、手記によって告発するつもりだったのではないか。それが、『本荘幽蘭尼懺悔叢書』であるまいか。尼さんこそが彼女の究極の職業ではなかったか。とにかく何でもいい、尼さんの手記というものを集めてみよう。

再び、公園と「井本古本店」跡の前を過ぎながら、私は感傷的になっていた。家も人も、良心も友情も皆んな消えた。幽蘭の露。ふっと、口に上《のぼ》った。啼ける眼の如し。それは私の眼であった。

幽蘭の正体　あとがきに代えて

古本探しは根気仕事だが、まことにスリリングで、サスペンスがあり、この味わいをひとたび知ると病みつきになる。さながら推理小説を読む楽しさである。

もっともそれは、昔の話である。インターネットやスマートフォン、ケイタイの無い時代のことだ。足で探さねば、面白い古書にめぐりあわなかった頃の話である。現代は、どんな「幻の本」でも、その存在はインターネットで、即座に検索できる。スリルも、ドラマもない。何の醍醐味も無い。

本編は従って、「21世紀機器」のまだ現われない、一九八〇年代の東京を舞台に設定した。いわゆる「バブル」時代の始まる直前の物語である。「バブル」は何もかも破壊した。土地だけでなく、人の心を毀《こわ》した。

それは、書物も同様である。ただ便利というだけで、電子書籍が誕生した。実体のない電子書籍には、人間くさいドラマは生まれない。紙の本の魅力を知ってほしくて、このような小説を書いた、ともいえる。

本荘幽蘭については、連載中に多くの読者からご示教をいただいた。しかし物語が昭和五十六、七年なので、その年までに公刊された本を参考にするように按配《あんばい》した。

幽蘭の実在を決定づけた資料は、『倉富勇三郎日記』である。この資料については、佐賀県在住の宮崎秀男さんからもご通知いただいた。

　私は佐野眞一さんの『枢密院《すうみついん》議長の日記』でこの人を知り、二〇一〇年に発刊された第一巻を早速購入した（現在、国書刊行会から第三巻まで出ている）。むろん幽蘭の記述があるとは知らずに求めたのだ。第一巻に、二カ所も幽蘭の動静が出てきて驚いた。まず、大正八年二月十六日の項である。幽蘭の部分のみ写す。

「午前十時後、本荘久代（校訂者により次の注記がある。幽蘭、女優・講釈師、元新聞記者、元久留米藩士本荘一行の娘）電話にて、今より一時間計《ばかり》の後、往訪せんと欲す、差支《さしつかえ》なきやを問ふ。予、差支なき旨《むね》を答へしむ（略）午後二時後、本荘久代来る。其経歴を語り、最後に金を乞ふ。予、久代か其父の臨終に改心を誓ひなから、其誓を履《ふ》まさるを責む。久代、資産なく、謡を糶《ひさ》かすして糊口《ここう》する為めには、女優となり、話家となる様のことは已むを得すと云ふ。予更に其の品行を詰《なじ》る。久代既に老たり、従前の如きことなしと云ふ。結局金十円を与ふ。四時頃帰り去る」

　昔の人の文章だから、「久代か」「誓ひなから」「履まさる」「糶かすして」等、すべて清音で記されている。読む際は、「久代が」「誓ひながら」「履まざる」「糶がずして」と濁るわけだ。話家は、噺家である。この文章によれば、幽蘭は謡曲で生計を立てると、臨終の父に誓ったらしい。謡曲は父の伝授と取れる。

　日記のもう一カ所は、「夢の世界」という雑誌に、倉富と幽蘭の記事がある、と人に教えられたことを述べている。

　倉富勇三郎は福岡県久留米の人。司法省法学校を出て、司法省参事官となる。ロシア皇太子が巡査の津田三蔵に斬りつけられた、いわゆる大津事件の処理に、大津地裁に駆けつけている。明治三十八年の日比谷焼打事件の際の検事長である。夫人が作家の広津柳浪（子息が同じく作家、和郎）の妹である。男爵を授けられ、昭和二十三年に満九十四歳で亡くなった元枢密院議長が、本荘幽蘭を記録しているのだから、彼女の実在は間違いない。

要するに、私の三十数年に及ぶ幽蘭追跡考は、『倉富勇三郎日記』を以て、あっけなく決着したというわけである。

「ちくま」連載、及び単行本化において、青木真次さんに多大のお世話になった。青木さんは作者がデビュー以来、二十三年間、あたたかく見守ってくださった。記して万謝する。

出久根達郎

平成二十八年一月

本書はＰＲ誌「ちくま」に二〇一四年五月号から二〇一五年十二月号まで連載されました。単行本化にあたり加筆しました。

出久根達郎（でくね・たつろう）
1944年、茨城県生まれ。作家。古書店主。中学卒業後、上京し古書店に勤め、73年より古書店「芳雅堂」（現在は閉店）を営むかたわら文筆活動を行う。92年『本のお口よごしですが』で講談社エッセイ賞、翌年『佃島ふたり書房』で直木賞、2015年『短篇集半分コ』で芸術選奨文部科学大臣賞を受賞。他に『古本綺譚』『作家の値段』『七つの顔の漱石』『雑誌倶楽部』『春本を愉しむ』『本があって猫がいる』『本と暮らせば』『幕末明治 異能の日本人』など著書多数。

謎《なぞ》の女《おんな》 幽蘭《ゆうらん》
古本屋《ふるほんや》「芳雅堂《ほうがどう》」の探索帳《たんさくちょう》より

二〇一六年三月二十日　初版第一刷発行

著者　出久根達郎
装幀　倉地亜紀子
発行者　山野浩一
発行所　株式会社筑摩書房
東京都台東区蔵前二―五―三　〒一一一―八七五五
振替〇〇一六〇―八―四一二三
印刷　三松堂印刷株式会社
製本　三松堂印刷株式会社

ISBN978-4-480-80463-1　C0093